与天空约会

陈 碧◎著

九州出版社
JIUZHOUPRESS

图书在版编目（CIP）数据

与天空约会／陈碧著．－－北京：九州出版社，
2019.9

ISBN 978－7－5108－8288－3

Ⅰ．①与… Ⅱ．①陈… Ⅲ．①诗集—中国—当代
Ⅳ．①I227

中国版本图书馆 CIP 数据核字（2019）第 199888 号

与天空约会

作　者	陈　碧　著
出版发行	九州出版社
地　　址	北京市西城区阜外大街甲 35 号（100037）
发行电话	（010）68992190/3/5/6
网　　址	www. jiuzhoupress. com
电子信箱	jiuzhou@ jiuzhoupress. com
印　　刷	三河市华东印刷有限公司
开　　本	710 毫米×1000 毫米　16 开
印　　张	21
字　　数	281 千字
版　　次	2020 年 1 月第 1 版
印　　次	2020 年 1 月第 1 次印刷
书　　号	ISBN 978－7－5108－8288－3
定　　价	78.00 元

序　言

一

　　我应承了作者陈碧博士的邀约，为她的这本名为《与天空约会》的诗集（以下简称"诗集"）写几句谓之为序的话，但几天未能下笔。因为，我不懂诗，亦写不了像样的诗，尽管也在那些情绪被深深触动的时刻为某种难以抑制的激情所把捉而曾写下过一些类似于诗的话语，可那只不过是留给自己不时咀嚼的情感记录。眼下让我为一位写了千余首诗、即将同时出版两本诗集的诗人——即便是年轻的诗人——的诗写序，着实有点儿底气不足。或许，因为我曾是作者西方哲学博士后研究阶段的合作教授，又或许，作者曾读过我的两本描写杭州的文化散文集，故而希望我能接受她的邀约，完成她委托的任务，而且有点儿坚定，还有点儿执拗。

　　中学时代，我也曾喜欢诗，尤其喜欢古典诗词，吟时朗朗上口，吟后荡气回肠。对于现代诗，我印象最深的当是上世纪 80 年代，北岛、芒克、顾城、海子、西川、骆一禾……一长串年轻诗人的名字，在诗的星空中闪耀。1986 年，深圳举办了一场"中国诗坛：1986 现代诗群体大展"，打出的标语是：新中国现代诗历史上第一次规模空前的断代宏观展示。自发参加这场空前绝后的盛会的人，据说来自全国 60 多个写诗的"门派"。那时,全国有诗社 2000 余家,诗人的数量更是几倍不止。那是一个思想解放的年代,也是一个"诗的年代"。记得柴静在给野夫《身边的江湖》写的序中曾这样描写道:

20 世纪 80 年代的江湖,流氓们还读书。看着某人不顺眼,上去一脚踹翻。

地下这位爬起来说:

"兄台身手这么好,一定写得一手好诗吧。"

1988 年,海子自杀,北岛出走香港,顾城定居新西兰,宣告了那个"诗的年代"的终结。此后,现代诗仍在散发着自己的生命力,写诗的人一定依然不少,可再也没有那个年代的魅力和魔力了,我也再没有留心过诗坛的风云变幻。

这次陈碧的邀约,给了我一次重新读诗、学诗、悟诗的机会。好吧!于是,我对着电脑,认真地读完这本辑录有 240 余首诗、跨越 30 年时间的诗集,有不少诗篇还得反复读方能收获透过字面的别样领会。

二

诗集共四辑。从高中、大学时代的青葱岁月(第四辑),到研究生期间心智的日渐成熟(第一辑),从完成博士后研究(第二辑)到走向社会、承担责任、进入人生的成熟阶段(第三辑),作者用诗,记录着自己的生活历程,叙说着自己的情感体验,承载着自己的所思所想,寄托着自己的理想希望。这种记录与叙说,时间上呈现明显的跳跃,虽不具有编年史般的连续性,却都是现实的生活的,是"真":

无论阴晴圆缺

快乐痛苦　平安灾难

都是生活历程

（《我在雨声中醒来》）

太阳月亮云彩，箫声雨声脚步声，上帝男人女人，乌狗狐狼青蛙，白昼黑夜，南方北方，花草鱼虫，时令冷暖……现实或情境中的某些东西触动了她，她便充满激情地写，有时一天便有许多首。所写的均是身边的人和事，自身的经历或所感所思，不是刻意选择写什么不写什么。语言朴素淡雅，不生造，不虚伪，没有卖弄与矫情，读来明白易懂，而诗所描写的许多情境，让读者仿佛自己正置身于其中，诗所开显的许多意蕴，也恰似读者自己的切身感受。诗所说想说的，既是她的，也可能你的、我的。这是现实的"真"诗所具有的魅力，也是我读诗集的第一个感觉。

三

现实的真实的生活由许许多多事件、事态、问题和希望所构成，追梦的艰辛，成功的喜悦，爱恋的幸福，挫折的痛苦，孤独的寂寞……它们在日常生活中彼此纠缠，相互勾连，没有清晰的关系和确定的边界，也绝非不是感性的就是理性的线性递进，仿佛是一块块彩色的砖铺成的地面。生活实际上是一个混沌多样的整体性情境。语言言说具有一种从这个情境的混沌多样中分解事件、事态、问题和希望的能力，这种分解的能力通常表现为两种形态：散文式的和诗意的。散文式的分解是寻找和解决问题，寻找情境中的一个或一些事件、事态、问题和希望，使它或它们作为关键性的坚硬事实凸显出来，成为解决的目标，进而找到解决的办法，而任由其余的东西或成为背景，或坠入遗忘的深渊，由此而瓦解了情境的整体性。诗意的分解则相反。诗是精炼灵巧的言谈，意在言外。诗的言谈从内容丰富的混沌多样的整体情境中悉心挑选出部分事件、事态、问题和希望，不是为了突显它们、遮蔽其余，而是要象征性地让它们从整体的情境中完整无损地透显出来，成为读者可以感知的印象。印象瞬间显示自身，传递出某种强烈的氛围，一下子把捉住读者，触动他们的情绪，给他们带来一次感动、一个发愣的机会。诗人并不企图解决什么问题，也不是要让透显出来的东西变成现实。诗人在现实性面前抽身而去。他要守护心灵中所追求的东西，这东西是分析性的言谈和散文式分解无法直接表达的。因此，诗人承担着看似悖论的使命："说不可说者"。这就是诗，特别是抒情诗的本质。

但不能说，诗人由于肩负这样一种使命，在现实性面前遁入想象、象征的世界，就只能提供华美的外表、无用的奢侈品。如果我们想要在生活中获得成功，就应该重视怎样看待情境，包括怎样使印象、情境整体地作用于我们并明智地对其进行加工的能力，否则我们将永远不可能学会如何与周围的人打交道，了解他们并与之和睦相处。通过灵巧精练的诗意分解让单个事件、事态、问题和希望从整体的情境中完整地透显出来，这实际上是一种理解的智慧，诗实际上又是象征性表达和理解智慧的天然结合。这种结合，是与人打交道者所必备的才能，许多社会角色和职业都需要这样的才能。因而，诗不只是"华丽"，也有"大用"。这是试图对诗作出的一种哲学甚或现象学的理解。这个视角理解的诗，是感性的，也透着理性的亮光，是文学的，也含有哲学的意味。

陈碧勤奋好学，涉猎广泛，尤其酷爱文学。高中时开始写诗，大学本科学的是汉语言文学，博士阶段研究的是中国美学，又先后两度做过西方哲学和中国文学的博士后研究，对《周易》有过较深入的研究，工作后在大学里教过周易文化、中国语言文学、伦理学和设计艺术学，这样的学习经历和学科背景对她的诗歌创作自然而然产生了很大影响。诗集涉及的主题有人与自然、存在与时间，当然更多的是爱与性。仔细品读，首先一个突出的印象是，不论哪个主题的诗，都从直接感觉到的人、物和事入手，注意故事性、画面感和节奏感，同时又以一种超常的词语关系组合成的整体意象，敞开隐含在其中的意义，呈现与它们相关联的情境意蕴，对所描写的人、物和事作诗意的分解，使读者获得某种印象、启示，产生共鸣、思索，对世界对生命作旷远的感受、领悟。其中也有若干诗篇是散文式的分解，因为作者不但善于运用诗的语言与表达，也擅长散文的写作。其次一个突出的印象是，作者的哲学和文学修养对她的诗有着直接的影响。纵观诗集各篇，不但其中所涉的典故所用的词语，有许多从中外哲学和文学中随手拈来，而且从一些普通的事物、节令和自然现象出发，张开联想的翅膀，联想所及，人的生存、自由、理想、价值和爱等等哲学命题，皆在其内，更有不少用诗的语言直接表达辩证思维与观念的诗篇。由此，她的诗蕴含着浓浓的哲学的意味与辩证的思维。这是我读诗集获得的第二个感觉。

举两个例子为证。

比如，我们都坐过飞机，都曾透过舷窗，惊叹窗外奇妙的云彩，领会什么叫风起云涌。作者则透过高空流云，向掌控人们自由的帝王们呐喊：

　　古代帝王们啊
　　请到云端来看看
　　云儿多么逍遥自由
　　我多么逍遥自由
　　谁也不能剥夺
　　我们的自由

　　　　　　　　　　　（《坐在飞机上看云》）

又如，面对特别的爱的情境，当事者有着如下的内心矛盾与挣扎：

　　爱你是背叛

背叛千年的道统

不爱你也是背叛

背叛自己的灵魂

（《三个人的爱情》）

这是诗，是哲学的诗化，诗化的哲学。这样的表达，比通常的情诗更深刻，比哲学的话语更明白。

四

爱，正是贯穿诗集的基本主题，集子中大部分的诗是描写爱的。无题也是有题，那就是爱；即便一些标题似乎与爱无关的诗，也或多或少涉及爱。《九寨沟的海子》中碧蓝的水、透明的鱼、赤裸裸地躺在海子中的树，还有海子那总是带着抑郁神情的蓝眼睛，组成了多样性事物彼此联系的模糊又似明晰的情境，情境中分明涌动着一种把捉人的氛围，这就是令人震颤的抑郁的爱。爱是风，飞越时空，感应彼此的灵魂；爱是想象，想象中满是爱。爱可以让凶猛的狼成为一头小绵羊，一只千年的孤独白狐衣袂飘飘为他舞蹈。

作者对爱的主题如此着墨挥毫，是要告诉读者：她对爱的理解，对爱的态度。

爱是文学和诗歌永恒绵延的话题，宽阔无垠的海洋，亘古长明的灯塔。理想的爱，是心相依、情相投，乃忘我而充满激情。忘我是身心的超越，激情是身心的汇聚。超越、汇聚达至无限而永恒。记得俄罗斯当代网络文化的开拓者凯德洛夫有一首名为"电脑爱情"的诗，其中有几句给人印象极深：

女人——是天空的深处

男人——是深处的天空

爱情——是永恒的必然

永恒——是爱情的必然

　　诗集中《她是你的肋骨》《你是我的肋骨》和《我是你的肋骨》三首诗，是如此形象而生动地描写"爱"乃彼此间相依相偎、难舍难分、融合一体：

女人是男人的肋骨

男人是女人的归宿

你们相爱你们相辅

来自尘土　归于尘土　爱亘千古

（《她是你的肋骨》）

有了你我不怕一切

有了你我有了一切

有了你我忘记一切

（《你是我的肋骨》）

从此我俩居住在林中木屋

我是门房　你是锁匠

我的心筑只为你来去自由而开放

（《我是你的肋骨》）

　　然而，理想与现实总是有距离，没有距离，也就没有理想与现实的区别了。现实中，爱，让人欢乐愉悦；爱，也会给人带来忧伤、寂寞、惆怅乃至痛苦。这不是爱本身的原因，而是爱的途中受到了阻隔，遇到了坎坷，这阻隔与坎坷，来自外界也来自相爱者的内心。当爱的纽带被突如其来的变故狠狠地撕裂时，这痛苦便刻骨铭心。爱是一滴泪，爱是一支烟，爱是一半月，爱是一场梦，梦中的莲花忧郁地开……诗集里的许多诗，就诉说着爱所带来的这种忧伤、寂寞、惆怅与痛苦：

集装箱不够大　玻璃瓶不够深　爱的精灵在逃

时空里你无处不在　现实里我无处寻找

（《爱上你的照片》）

我呼唤你的名

空气中没有你的回音

我寻找你的影

山后面没有你的身形

……

我对着窗外

孤独而且忧伤

……

听不见你　看不见你

这样的相思　我倍感荒凉

（《爱的迷藏》）

我一直在等你　等你如约而来

……

从街东走到街西

从街北走到街南

左等不来

右等不来

……

没有鸟叫　没有犬吠　没有车来

天堂有谁知道我离开

虫二岛风光无限啊

我的杭州却没有风景

没有故事　没有记载

（《别了，杭州》）

有人说，爱不顾一切，是感性的，爱超越理解。但诗集告诉我们：爱时仍需理性，感性的爱中亦有理解。理性和理解，才能化解爱的途中遇到的难题，减轻爱可能带来的痛苦。有时候，爱得死去活来的两个人，面对种种因由，也得放手。

虽然他愿意不顾一切地爱我

即便爱到　一无所有

他们又说爱一个人是要使他幸福

但对于一个男人来说

爱情只是生活的一部分

事业才是他的脊梁骨

我不能要求他所有的爱

虽然爱是我的全部

（《三个人的爱情》）

有种爱

片刻停留

有种爱

念念不忘

有种爱

相濡以沫

有种爱

相忘于江

有种爱

纠缠不休

有种爱

懂得放手

（《有种爱叫放手》）

这是一位感性又理性、激情而冷静、敏感且细腻的知识女性在她的诗中传递给我们的，她对爱的理解，对爱的态度。这样的理解与态度，是作者的，或许，也应该是你的、我的。

庞学铨

2019 年 8 月 1 日

于西子湖畔浙大

目 录
CONTENTS

第一辑　过客

听　箫

潭城冬雨

我蛰居读书

窗外箫声飘来　悠扬

第一夜我静静地听

第二夜我奔出看吹箫的人

树影湿湿的

一前一后　一高一低两人

"我们找妈妈去？"男中音温柔

"不，我要回家。"女儿稚声冷硬

一前一后　一低一高背影

箫声飘去　凄凉

楼上玉人

不是他想的知音

2001. 1. 25

过　客

那一年花季
车水马龙
我忽然间看到了你
大步生风　衣袂飞动

我不记得你质朴衣着的颜色
也不记得你是否高大魁伟
更不记得你的方脸
写的是风尘还是踌躇

只知道
一生中最心仪的男人
从我面前走过
那一刻　莲花开落

而你如流水般走过
永远不知道有一个女子
伫立如　神女峰
从此
百年孤独

2001. 3. 5

脚 步

坐在图书馆里看书

忽然有脚步 铿锵有力地

走来

走来 熟悉的脚步

抬眼望去

心中漫卷诗书

儒家不露声色的狂喜

泄密在四目交接的瞬间

如莲的喜悦

不是因为不期的相逢

而是因为能够听出

他的脚步

与众不同

2002. 7. 17

小　别

如醉的缠绵
因火热的七月而无情
分割　莲叶何田田

小别胜新婚
还是　一年的缘分到期
从此浸淫在　婉约的宋词
还是可以吟咏　浩瀚唐诗
却非你我决定

不要让她如此走了
送行的人很多
心想的却是
长亭兼短亭
两个人的别离

果决的楼梯间
造就私人的空间
仓促的热吻
天晕地眩的瞬间
在舌尖　久久留香
久久清凉

2002. 7. 17

三个人的爱情

一个人的时候

我不禁想起

久别后的重逢

你曾经怎样地拥她入怀

在你怀中

她年轻的笑容

你无与伦比的

快乐心情

心中无数次成功地演习

如果我们三个人不得不相逢

我会微笑地看着你们

与她攀谈　让她喜欢

我会微笑地看着你的眼睛

然后优雅地走开

在无人处流泪

或者默默地一杯一口

一口一杯喝酒

我知道我会掩饰得很好

如果你们并排站在众人面前

理所当然地喝着交杯

我会告诫自己这个人不属于我

然后真心诚意地端杯祝福
但是当你从我身边匆匆而过
你会回头慌乱地看我一眼
那掠过的风中
你的气息
是那不败的蔷薇
又使我坚信
这个人
心在我这里

他们说爱情是自私的
可是我又怎么能牺牲一个无辜的人为祭品
虽然他愿意不顾一切地爱我
即便爱到　一无所有
他们又说爱一个人是要使他幸福
但对于一个男人来说
爱情只是生活的一部分
事业才是他的脊梁骨
我不能要求他所有的爱
虽然爱是我的全部

爱你是背叛
背叛千年的道统
不爱你也是背叛
背叛自己的灵魂
另外还有一个问题
流浪的你是否愿意系上

一个盛着灵魂的羊皮袋
疲惫的时候
轻轻打开

三个人的爱情
你说永远不会离开我
因为你知道选择离开的那个人
必定是我
我比你清楚　我的离去
不会中断你的岁月
爱的火焰　总会熄灭
有回忆便会有忘记
但是
年年秋季
你又如何能够释怀
你曾经插在我发际的
那一朵
小小的
雏黄的　野菊花

2002. 8. 11

九寨沟的海子

——一个忧伤的蓝色童话

九寨沟的海子　碧蓝
是那高原上忧伤的眼睛
蓝色明净的眼睛
芦苇海火花海卧龙海老虎海犀牛海公主海
五花海熊猫海箭竹海天鹅海草海和长海
在海拔两千到三千米的高度
遥望大海父亲的雄风

九寨沟的海子啊
我曾经是你身旁守候的树
你最喜欢我的站姿
你说我坐着卧着都会变形
如今我却躺倒在你的怀里了
无叶亦无枝
赤裸裸地躺倒在你怀里
只有那一群群无鳞透明的裸鱼
知道我和你的故事

九寨沟的海子啊
你的眼睛
倔强的蓝
蓝得让人心惊

那么蓝　那么蓝
你不相信是树
都会有年轮
你亲眼见我苍老独臂
又眼睁睁看我骤然躺倒在你怀中
成为你眼中永远的阴影

九寨沟的海子
你依然年轻
瞻望你的人每天
都有七八千
他们不明白
为什么你的蓝眼睛
总是带着抑郁的神情
大海的儿子啊
即使生死两茫茫
我也懂得你伤心
还有三个字没来得及
说给我听
——拉默裸①

——拉默裸
让我们每天
悄悄地互相说给对方听

2002. 8. 11

————————

① 拉默裸，藏语音译，我爱你。

镜　前

镜前
我仔细观察自己的容颜
皎洁如玉
似月圆满

是啊
我恰似那枝十年前摘下
的白玉兰
在长颈瓶中
肆无忌惮盛开

花瓣完全舒展
毫无遮拦
如成熟女人蛊惑的胴体
挑战似的呈现在人面前
令少女的我不禁红颜

镜前
我如花般香艳
但是　我多么想
十年前

为我采摘那朵玉兰花苞的

是你 而我

还是那个不谙世事的 女孩

2002. 8. 19

夏天的桑树

经过那个弯口
你会看到一棵夏天的桑树
枝繁叶茂　袅袅婷婷
那就是满怀期待的我
可是
我的蚕儿他　还没有醒

春天的我并不美
我的衣裳被一些养蚕的人褪尽
因为我的叶是他的营养
所以我盛装的时候
总不是春天
但那时他偏偏只对我很喜欢
而即使是春天
我的蚕儿也没有看过我树的华容
他吐丝结茧成蛹终于羽化为白色的蛾
临死也不能看我一眼的蛾
他的魂魄还在夜夜唱一首歌
一首春天的歌

我是一棵夏天的桑树
我的蚕儿还没有醒
但是经过那个弯口

你会发现
郁郁的桑树枝叶上
有一只彩蝶温柔地停留
轻轻地扇动它美丽的翅膀
懒洋洋地　晒着太阳

2002. 8. 21

太阳·月亮

夏末的夜晚
在高楼与高楼之间　狭窄的天空中
有一勺朦胧的弯月

五岁的儿子仰望着天空：
"瞧，妈妈，太阳怎么只有一边，
是被什么咬了？"

"不是太阳，是月亮；
太阳白天出来，
月亮晚上出来。"

"不，是太阳，
它要睡觉了，
所以没有光，没有亮了。"

2002. 9. 14

流浪者的爱

我爱的男人告诉我
他多么想不再流浪
他的灵魂漂泊太久太久
想要找一个地方停留

我应该满心欢喜
因为这句话
我已经等待经年
但我只有沉默

他不是年轻的维特
我也不是迫于现实的夏绿蒂
他太过刚毅　我太过柔情
他和我都是有强烈自我的人

为了各自的理想
我们都习惯流浪
他要离开　我也必定要走
但不是朝着同一方向

未来他将有新的恋爱
我只对他有一个小小的请求
不要求他时常的惦记　写信或者电话

也不需要他来看不再红颜的我

只是一字一句地告诉他：
"永远不要对另一个女人，
说出我的名字。"

2002.9.14

坐在飞机上看云

只有在空中

和白云齐悠悠

才知道什么叫流云

什么叫风起云涌

即使在名山之高巅

仰望天空

观看云山雾海

也无法想象这样奇妙的风景

这里的云至少有三五层

每一层都有不同

薄的是飞天的水袖

厚的是李白的燕山雪堆积

平铺的是庄周大鹏的羽翼

游走的是赶赴王母蟠桃盛宴的众神仙

普天之下莫非王土

率土之滨莫非王臣

古代帝王们啊

请到云端来看看

云儿多么逍遥自由

我多么逍遥自由

谁也不能剥夺

我们的自由

2002. 9. 21

我是狼

我是狼

而且有着火狐的红色

我的家原本在草原上

被迫寄居这个喧嚣的城市之后

在文明社会道貌岸然的人群中

我忧郁孤独　格格不入

只有在伸手不见五指的黑夜

趁着茫茫夜色

我才能长啸一声

哦——噢——

我的草原太遥远

原始的需要被迫压抑

每个白天我都期待着夜晚

特别是月圆之夜

因为每逢月圆

我便可以恢复我狼的模样

全身红色的毛发熠熠生光

像一团火

熊熊燃烧

迎着黑暗　长啸

哦——噢——

这是渴望的释放
这是野性的呼唤
我感觉我狼的毛发竖起
绿色的眼睛闪闪发亮
野性的血在血管汹涌奔突
每一个毛孔都畅快淋漓
仰头　长啸
哦——噢——

声音直刺天空
穿透黑色的夜幕
我希望那匹白色的头狼
能够听到我的呼唤
狂奔到我的身旁
我们并驾齐驱
回到辽阔的草原上
自由地　长啸
哦——噢——

2002. 10. 3

无题（其一）

曾经静静地望着他
看他微笑
听他说话
心仪他的神采飞扬

初一到十五的月亮
从新芽到成熟而浑圆
杨柳风　荷塘雨　迟桂香
又到了乍寒时候

夜色或浅或浓的温柔
野旷天低树啊
使我不能自拔
有归园田居的遐想

他说我是一个属于夜晚的女人
可是星空和大地啊
你最知道
我是多么怀念那阳光灿烂的日子

杨梅洲头
俩人并肩而立
望着那一江湘水
无语东流

无题（其二）

听说每一个女人都是靠耳朵来恋爱
我是最典型的女人
听说每一个男人都是用眼睛来恋爱
希望你是　又希望你例外

和你的感觉是明知酒醉不要醒
爱情永恒原本就是美丽传说
何况你我相逢黄昏时候
不敢与时间拔河　把夕阳拉起

嫦娥应悔因为只有这个人
她愿意执手却不能
如果爱是烟花
我愿化飞天舞袖

千年凌空的欲望
就为了听你
用各种语言　重复地说
那三个字

2002. 7. 17

第二辑 她是你的肋骨

她是你的肋骨

空虚混沌　黑暗深渊
我独自运行　寂寥的水面
全世界都是我
我的形　我的影　我的音
无所不在　却空空落落
我无所不有
又空无所有

亿万光年的寂寞
没有始没有终
没有生没有死
没有动没有静
没有方没有圆
我存在到底是为什么
这一切应该打破　于是我说

要有光　便有了　昼和夜
要有空气　便有了　水分上下
要显露陆地　便有了　海洋和陆地
要有青草菜蔬瓜果树木　便有了　生机
要有日月星辰普照大地　便有了　光明
要有大鱼和飞鸟　便有了　活力
要有牲畜昆虫野兽　便有了　万物

27

海里的鱼　空中的鸟
地上的牲畜和昆虫
一切归我所有
一切又归你所有
因我依照我的模样制造了你
亚当啊我亲爱的人
我爱你　给你统管万物

可是你为什么不快乐
你继承了我的形神和落寞
没有人帮你管理万物
没有人伴你欢声笑语
形单影只你独居落魄
我要造一个　你的配偶
协助你陪伴你　享受幸福

睡吧睡吧沉睡吧
醒来她就来到了
我取下你一条肋骨
给你造一个忠实伴侣
这是你骨中的骨
肉中的肉
可以称她为女人　你的肋骨

亚当啊　她叫夏娃
她是你的肋骨你的女人你的唯一
保护她宠爱她不可冷落她遗失了她

夏娃啊　他叫亚当
他是你的身体你的男人你的唯一
崇拜他敬爱他不可疏忽他遗失了他
相爱的人啊我命令你们互相珍惜永不相负

我的话　凡有耳的都必须听　请记住
男人　你必管辖你妻子
女人　你必恋慕你丈夫
女人是男人的肋骨
男人是女人的归宿
你们相爱你们相辅
来自尘土　归于尘土　爱亘千古

2007. 6. 17

你是我的肋骨

我是亚当我在伊甸园
吹着口哨自在休闲
树上瓜果丰盈地上蔬菜新鲜
水里有大鱼空中有飞鸟
老虎为骑青龙为舟
万物归我所有
可是我没有朋友
只有一个人直立行走

爬上大树仰望蓝天
独立高崖俯瞰桑田
潜入湍流我翻江倒海
踏遍森林草地沙漠和荒原
我四处奔走寻你不见
不知道你的名字你的模样
你在哪你是谁你将出现何方
为什么将我魂魄紧紧相牵

为什么胸口会隐隐阵痛
为什么辗转反侧我彻夜难眠
为什么容颜消瘦食欲清减
为什么碌碌终日我不想作为
为什么内心空空眼中有泪

为什么千呼万唤不见你踪影
为什么我突然　　只想你
你是谁你在哪里

在想念你的那一刹那我成长
在想念你的那一刹那我伤感
在想念你的那一刹那我孤独又彷徨
在想念你的那一刹那啊我来到河旁
突然我在水中看见你的模样
水中月水中鱼水中水啊
我突然看见一个如水的姑娘
微笑的瞳孔深渊般诉说着对我的慕仰

揉揉眼那不过是水中影我的错觉
天父啊这样的时刻请让我沉睡
梦中我来到一个水晶殿堂
有一个硕大的水晶床
我坐下来伸手撕开胸膛
取下一根肋骨
舔干净流淌的血
凭记忆我雕塑你的模样

洁白的女人啊
你闭着眼睛婴儿般沉睡水晶床
嘴唇那样红　　如盛开的玫瑰
长发那样青　　如春天的柳条
肌肤那样滑　　如北极的积雪

最美的曲线啊　千山万水就在这里了

我就这样看着你目光不要转移

我就这样吻着你嘴唇不要游离

千年一吻啊你睁开了双眼

那目光如电将我的心灼伤

我醒了　身边真的多了一个姑娘

和我梦中没有两样

这时我听见天父的声音

他说　她是夏娃　我送你的礼物

你的肋骨你的新娘

她的一切都如你所愿　是你的梦想

蓝天白云绿地阳光明媚

微风习习世界安静和祥

宝贝你过来让我把你的手儿牵

你是我的女人

我的唯一

我的肋骨

我的骨中骨啊肉中肉

从今起我是你的夫君你的家长

我爱你就是爱自己

你是我的一部分

你是我自己

我将我最好的都给了你

我要永远爱着你

永远不离开你
因为没有谁会不爱自己
没有谁会离开自己

今天是你的生日
也是我的生日
你的诞生就是我的新生
让我们一起唱支生日快乐歌
亲爱的人儿啊
折下桂枝当冠
采撷白云为床
今天你诞生了我诞生了我们重生了

一串石头项链
一枚琥珀指戒
我是你的新郎
你是我的新娘
百花芬芳百草长
千树舞蹈千鸟唱
万物和谐万兽欢
吉日良辰今天我们结婚大典

我要为你围筑堡垒
我要为你建设家园
我要为你拼搏天下
我要为你捕鱼耕田
我要为你吃土扛山

我要为你创造一切
我创造了你你创造了我
女人啊　你是我的肋骨

我不怕冬雷阵阵夏天飞雪
我不怕斗转星移山河变迁
有了你我不怕一切
有了你我有了一切
有了你我忘记一切
我只要轻轻把你的手儿牵
我只要紧紧地把你怀里抱
女人啊　你是我的肋骨

如果你喜欢星星
我们一起驾驭太阳神的宝马
一颗一颗我伸手为你悄悄摘下来
我愿意为你奉献所有
我愿意为你浪迹天涯
我愿意终身做你伴侣
陪伴你为你遮挡风风雨雨
女人啊　你是我的肋骨

女人啊女人
你是我的肋骨
是另外一个我　新生的我
我就是你　你就是我
你有我一模一样的眼睛

你有我一模一样的语言

你有我一模一样的爱情

你有我一模一样的灵魂

女人啊女人

你是我的肋骨

站在天父面前　我目不转睛

看着我的你　另外一个我

我发誓　我要做你忠诚的卫士

守护你永生永世

守护我们的姻缘

守护我们的乐土

女人啊女人

你是我的肋骨

我爱你就是爱我自己

宽容你就是宽容我自己

忠实你就是忠实我自己

从此我们合二为一快活无比

你是我的女人　我是你的归宿

我是你的男人　你是我的肋骨

2007. 6. 30

我是你的肋骨

未遇你时我在静修林
我不知道我是谁
从哪里来到哪里去
我想我是驯鹿
有着长长的角
健硕的体魄
临湖顾盼 美丽却困惑
忧伤彷徨又有些失落

或者我是一只独立的白狐
有一双狡黠扑闪的黑眼睛
我不懂得什么叫爱情
我自由自在地飞奔
留痕在辽阔温软的雪地上
捕捉出没树丛的五锦山鸡
随心所欲地与田鼠嬉戏
我也会安静端坐 不惊醒红蜻蜓的梦

春天来了
我仰卧如一条苏醒的长河
九曲丝缎将大地丈量
我素面朝着天空
轻声地问太阳和月亮

谁是我的爱人　他在哪里
谁是我的快乐　他在哪里
谁是我的灵魂　他在哪里

桃花盛开的一天
你突然来到我面前　说
你爱我　我是你的女人
你的一部分　你的另外半个世界
我的灵魂和肉体都能和你共鸣
是你的凤凰　你的天堂
让含蓄的你变得原始疯狂
让你压抑的情感真实地释放

你说　我是你的肋骨
是天父命令我们成为伴侣
你问：想我没有　我总是很想你
我很迷茫　摇摇头　说：不
我不是你眼中的我
不是你心中的我
不是你梦中的我
我固执地不肯将心房开放

我知道一旦将这扇门敞开
就无人能够关上
如果我是你的肋骨
为什么你现在才来到我身旁
一万年了你在哪里

为什么让我寂寞又惆怅
为什么让我慌乱又紧张
为什么我没有记忆没有过往

你说我是你会动的肋骨
你经常取出来玩赏
万年前你枕着我在智慧树下瞌睡
醒来时候就不见了我　你爱的魔杖
你问蛇我在哪里
蛇匍匐着将我遮蔽
蛇说：上帝变成豺狼
叼走了你的玩伴

从此　你和上帝反目
你说：上帝死了　我不再信仰
女人和蛇也世代成仇
于是一根瘦瘦的骨头
离开伊甸园
开始独自漂泊四处流浪
颠沛辛苦寂寞　坚强守候寻找
一生又一世　一世又一生

三生后我终于回归
系着红丝带　洁白无瑕
站在你的水晶宫殿前
你说肋骨啊肋骨
你是上帝给我的最好礼物

然后轻轻将我放入你的胸膛
从此我紧挨你赤子的心脏
爱情的火焰无伤　映山红艳艳　开了

月亮升起的时候　你熟睡了
我忍不住调皮地走出来
化成一支红红的唇膏
悄悄地在你身体写字
我要写满你的名字我的名字
要写我爱你　你爱我　我愿意
永远是你的　你的女人
亲爱的　爱我吧　我是你的肋骨

太阳升起　你醒了
我光着脚丫在你面前跳舞
如龙车驰过时旋转的梧桐树
枝繁叶茂　只是为了你的留步
我弹着锦瑟为你歌唱
如五百年自焚一次的凤凰
焕然新生　只是为了你而涅槃
亲爱的　共舞吧　我是你的肋骨

我为你谱写青春的诗行
因为爱你使我情感玫瑰般绽放
我为你演习没有配角的篇章
仅仅只为你一个人快乐或者忧伤
我想要刻我的名字在你心上

却又怕形式束缚了你　使爱受伤
你说怎么也不会将我遗忘
亲爱的　想着我　我是你的肋骨

老虎会假寐　爱情也会休眠
我是一滴泪　挂在你眼睫
男人的泪　味道苦咸
我是一棵树　长在你窗前
故乡的树　开满榆钱
我是一颗星　闪在你天空
启明的星　宁静无言
亲爱的　珍惜我　我是你的肋骨

如今我经常问你
你在哪里　你在做什么
我总是很想你
你想我吗
我是这样爱你
爱着你的爱　想和你在一起
我身体里流淌的血　是你生命的骨髓
亲爱的　结合吧　我是你的肋骨

从此我俩居住在林中木屋
我是门房　你是锁匠
我的心筑只为你来去自由而开放
门上一个小小竹牌
正面：闲人免入

反面：谢绝参观

你是我的唯一　我是你的唯一

亲爱的　相守吧　我是你的肋骨

我是你的肋骨

亲爱的　我只想好好爱你

用我自己的方式　爱着你

爱情是两个人的圣经

不需展览　不能亵渎

不要猜疑　妒忌和疏远

我有我的承诺　你有你的坚持

相爱永远　坦诚永远　我们诗意安居

我是你的肋骨

我爱你　你爱我　世界诚信安详

我要感谢天父将你我制造

我要原谅毒蛇将你我阻隔

我要橄榄枝为冠　七彩云为裳

所有的花都开放　所有的草都生长

天下一家　所有的生命都爱和被爱

因为爱　上帝回到人间　我们和谐幸福

2007. 7. 3

爱的琥珀

——鱼与飞鸟的距离

一个男孩

快乐地在梦的湖边吹口哨打着水漂

一片石块又一片石块

每一片他都小心翼翼

选择最恰当的姿势和弧度

他的目标就是击出最美最多的涟漪

一个女孩

忧伤地在闺楼徘徊吟唱着诗词歌赋

昔我往矣　杨柳依依

今我来思　雨雪霏霏

离人归来的时候没有春雷

春晨却大滴大滴下着春雨

一只鸟

渐渐遥遥在天空飞翔

一条鱼

剪剪悠悠在海底徜徉

传说世界上最远的距离

是鱼与飞鸟的距离

一个在天　一个却深潜海底

一个男孩

在天涯春雷中梦国里沉睡

一个女孩

在海角春雨下流着桃花泪

春雷中的春雨惊不醒男孩的梦

春雨下的春花零乱了女孩的心

春雨春花的那一刻

爱的绝唱已经悄然打开彼此的心扉

心心相印里绕梁的是孔子韶乐般的绝唱

唱的是庄子两千年的理想

北冥有鱼　其名为鲲

化而为鸟　其名为鹏

原来爱可以成为晶莹剔透的琥珀

琥珀里　鱼爱鸟　鸟爱鱼　千年又千年

两千年来鱼就是鸟鸟就是鱼鱼与飞鸟从来没有距离过

2007. 2. 27

思念　阿拉丁神灯

阿拉丁走了
留下一盏神灯

有一个女人
戴着桂枝
佩着片玉
悄悄轻轻袅袅婷婷
拂晓到午夜
一遍又一遍
不由自主走过去　擦拭
那盏神灯

在思念中擦灯

擦亮
擦亮他的文字
山水般智仁
擦亮他的微笑
赤子般清纯
擦亮他的声音
莲花般温柔
擦亮他的思念
庭院般深深

在擦灯中思念

思念
思念是风
惊扰了水仙
思念是烟花
绽放在天空
思念是雨
滴滴答答下在二月的清晨
思念是紫砂壶嘴流出的铁观音啊
汩汩叮叮盏盏清清浅浅香香甜甜

擦灯的手指啊温暖又冰凉
思念的明眸啊快乐又忧伤

思念的口有些苦涩
思念的心有些甜蜜
思念的风筝线啊
将自己系得很紧很紧
风筝是你还是你放风筝
庄周梦蝶还是蝶梦庄周
太公钓鱼还是鱼钓太公
两个人的圣经谁又阐释得明

思念将自己种成一棵树
站在爱情的地平线
天空、白云、草地和风

一个霓裳缥缈长发迎风的女人

擦灯将神话写成一个奇迹
倚着千古的玉阑干
月色 灯笼 琴瑟和风
一个白衣翩跹独立归舟的男人

阿拉丁回了
点亮一盏神灯

2007. 2. 24

狼狐传说

我的爱人
是一匹头狼
他有勇猛的力量
凶狠的目光
可是对待我啊
他却好像一头小绵羊
他想长一双翅膀
天使一样飞到我的身旁

而我
是一只白狐
千年修行 千年孤独
曾经是一棵静静的胡杨
笔直站在他前世的路旁
他飞驰而过 飞驰而过
没有听见我枝叶芊芊声声呼唤
没有看见我衣袂飘飘为他舞蹈

在那蒙昧未开的时候啊
月老酩酊酒醉了
把我的红线散落在雪地上
没有牵给我的情郎
如今他被春风吹醒

呵欠一声

狐狸和狼

便在原始森林相逢

我有精灵的魔力

他有梦幻的翅膀

月圆时我们来到

爱的林中空地

建筑一所桦木小房

房后是竹　房前是塘

桃花盛开　杨柳依依

我们将和孩子们一起快乐地生活

2007. 4. 11

风之恋

心爱的人啊
我希望是风
超过日神的骏马
越过庄子的鲲鹏
掠过雾霭霞云
驰过山河阡陌
自由自在地飞
飞到你的城市上空

心爱的人啊
我喜欢你是风
青春沉醉的夜晚
携着李商隐的黄昏
乘着卞之琳的明月
踏响子时蛙鸣
敲开竹楼窗楞
悄悄进入我宁静的梦

心爱的人啊
我希望是风
飞到你的身旁
鸟儿左右
狗儿前后

油菜金黄

枫叶嫩青

我们牵手在桃花林中飞奔

心爱的人啊

我喜欢你是风

飞到我的身旁

我的发如柳

我的唇如花

我的眼如诗

我的腰如歌

渴望你的灵魂抚摸我如风

心爱的人啊

我希望我是风

心爱的人啊

我喜欢你是风

我们的爱穿越时空

温柔细腻矫健勇猛

吹醒狂野和叛逆

彼此感应灵魂的爱啊如风

2007. 4. 13

爱是一滴泪

爱是一滴泪
挂在我腮边
左眼如桃
右眼如桃

爱是一支烟
燃在我唇间
前缘成灰
后缘成灰

爱是一半月
照在我窗前
上夜是残
下夜是残

爱是一场梦
清减我红颜
醉饮亦空
醒饮亦空

爱是一曲乐
拨乱我心弦
悲剧也终

　　喜剧也终

　　爱是一朵樱
　　凋谢在春天

2007. 5. 9

爱到荼蘼

荼蘼
我的童年
我和你一起采撷山陌阡

荼蘼
我的青年
我和你一起奔跑红墙边

荼蘼
我的中年
我和你一起端坐水云轩

荼蘼
我的晚年
我和你一起携手立窗前

荼蘼
我的千年
我将她戴在我的白发间

荼蘼
我的万年
我你并肩躺着蝶舞翩跹

2007.5.21

好月亮

我直直平躺在宽大的双人床上
左手轻轻抚摸着茂盛的胸草
那里有我灰狼如鹰的图腾
如挪威的森林肆意生长
我闭着我忧郁的双眼
快乐地胡思乱想

我想着我爱人赤裸的模样
此时她蜷缩在蚕丝锦缎
半睡半醒　如一尾白肚红鲤
长长的黑发像风一样自由伸展
宁静的狂舞写满相思鸳鸯枕巾上

我想着我爱人赤裸的身体
她的胸是两个圆圆的白月亮
她的臀是两头憨憨的肥羔羊
她的脸桃花一样盛开在我眼底
她的眼海子一样深邃幸福无比

我想着和我爱人赤裸地相爱
她善良真诚纯洁简单的灵魂
此时我一丝一毫都没有想起
我只是想着她的身体

想着她完美无缺的身体

无论她对坐玻璃窗
无论她行走廊道上
无论她站立马路旁
我都可以穿透她素朴的衣裳
看见她的身体她的春意荡漾

看见她狐狸洁白光滑的身体
丰腴圆满曲线凹凸温暖细腻
夏日的清晨万物苏醒勃勃生机
鸟唱着赤子的歌　犬吠着忠臣的想
我想念着我爱人赤裸的模样

我的思念疯长
我的身体疯长
我喘息着呼唤着她
我的爱人我的爱人我的爱人
我的肋骨我的女人我的另一半
我的好月亮

2007. 6. 6

爱上你的照片

五月的鲜花应该开得更久
黄昏的亲吻应该缠绵更长
关上门不看你走
却仿佛听见你吟诵起鹊桥仙
你转弯的背影应该回头
看看阳台是否有给你的挥手
看看檐角的蜘蛛是怎样牵丝将你挽留

走向一人一座茶庄
停留在一弯小桥上
我拿起电话
突然发现你温柔的声音
和面对面的亲和完全不一样
这时才真的明白　我的爱已经离开
泪水涌上来　西湖微波荡漾

梦中的莲花忧郁地开
灰色的蓝调是我孤独的情怀
风中的相思随花瓣片片飞转
你长长的睫毛儿童般蝴蝶扑闪
你爽朗的大笑振荡着空气轻轻圆舞
你闲闲的坐姿宁静了我驿动的心澜
你在这里　你在那里　我却伸手不可牵挽

相偕的每一个夜晚我梦中都有你
离别以后我却无法封存关于你的记忆
集装箱不够大　玻璃瓶不够深　爱的精灵在逃
时空里你无处不在　现实里我无处寻找
我应该钻入怎样的隧道
才能变成你上衣口袋里一粒小小红豆
或者你桌边水仙盆中一只青青田螺

我是你书中如玉的红颜
你是我电脑桌面的照片
每天对着你嘴角的微笑说话缱绻
直到有一天你的眼神突然忧郁哀怨
颤抖的指尖抹不开你浓浓的愁面
千里外你的心慌　我的感应　他的变脸
我这才苦涩地知道　竟然爱上了他　你的照片

2007. 6. 9

雏菊花

金色雏菊花
如帘　悬挂黑色崖石上
倔强地盛开　花心怒放
一千只眼睛看着我
五百张嘴对我说话
所有记忆鱼贯而来
又如海浪　拍击你的身体
拍着我的心　好痛

那是校园的郊外
我低着头和你墙边徘徊
阳光洒在我的长发上
你突然就亲吻了我
在闭上眼睫的刹那
天清　日明　菊飞　草长
亲爱的啊　今夜我记起了你
那日怎样勇敢地揽我入怀

斜插在云鬓的雏菊还在
可是你我却已选择离开
她手伸进你臂弯的那一刻
你的眼神慌乱而躲闪
我微笑着　和陌生的他喃喃

我们在侠客行分道　不说再见
我却分明感觉你心　如影相随
新婚的你　应记得曾要我做你新娘

金色雏菊花
不要看我　不要说话
我想捂住你的眼睛　我的耳朵
就像轻描淡写地蝶舞信件和诗歌
青春之歌从来就无奈而悲壮
逝者如斯　生活宣纸单薄
小小雏菊花　只会在我的梦里
你的画中　春夏秋冬　倔强地盛开

2007. 6. 10

莲

西茜
你十七岁
你画莲
你诗莲
你是一朵莲
父亲荷翼下的一朵莲
忧郁的莲

西茜
我读你的眼　如莲籽
我读你的脸　如莲花
我读你的鼻　如莲茎
我读你的唇　如莲苞
我读你的发　如莲叶
我无语地读　你的不语

西茜
我读你的荷画
却读到你的孤寂
读到你风中的颤栗
读到你忧伤的芬芳
读到你薄雾的神秘
读到你梦中的灰蓝

西茜

你是一朵将开的莲

莲是你的姊妹 莲

睡在翡翠里 结愁黑暗里

你的愁结在眼里 将天下睥睨

你绽放时 我想化一滴甘露亲吻你

苏醒你的微笑 你的爱 我的莲

2007. 6. 12

爱的迷藏

我觉得你很远
够不着

我呼唤你的名
空气中没有你的回音
我寻找你的影
山后面没有你的身形

天堂里布满乌云
人间每天都下雨
我对着窗外
孤独而且忧伤

我觉得你很远
够不着

房屋　远山　天空
都静默着
雨屏蔽了鸟的歌唱
他们也知道我的彷徨

端午前梅雨凄惶
远不是爱情的炽热模样

听不见你　看不见你
这样的相思　我倍感荒凉

亲爱的啊
你在何方

肋骨寻找着胸膛
我的想法卑微渺小
我只是静静冥想
轻轻在你怀里靠一靠

如果知道分离竟然心慌
我说什么也要将日子延长
如果知道相见如此微茫
我说什么也不会让你飞翔

亲爱的啊
你在何方

其实水晶球里
我看见你独自流浪
你低着头前行
好像也在默默思量

你说过会带上那锦囊
我的灵魂永远陪伴
可是你我　为何烦恼

雨这样长　夜也是这样长

亲爱的啊
我觉得你很远
你在何方

想断一截藕给你尝尝
让你看那丝线绵绵长长
可是荷叶正青　莲花待放
叫我如何不惆怅

我够不着你
请不要在我心房　捉迷藏

2007. 6. 14

我的泪流在你心里

左眼盈眶
右眼的泪就滑下来
一滴珍珠在右嘴角
你曾经说
你的泪流在我心里

右眼初干
左眼的泪才滑下来
一滴琥珀在左脸颊
你曾经说
你的泪流在我心里

这是怎样的距离
千里咫尺
咫尺千里
你曾经说
我的泪流在你心里

就这样一句话飘来
我的太阳被夜幕
遮住　梅雨
你曾经说
我的泪流在你心里

右天空一道闪电

惊雷

左天空一道闪电

惊雷

离别泪倾泻天堂里

闪电惊雷暴雨

暴雨惊雷闪电

是照亮爱的黑

还是撕破爱的网

天堂泪霹雳你我心里

隐藏你的影像

风干我的泪滴

可为什么闪电不断

为什么惊雷不断

天堂泪是你我的牵系

右眼里的你

流出来了

左眼里的你

也流出来了

泪可以流出来　心呢

2007. 6. 21

别了，杭州

最后一次踯躅

在初次见你的十字路口

转角那一盏高高的街灯　明亮非常

我一直在等你　等你如约而来

子夜　偏街　铁栅栏

白夹克　黑西裤　高鞋跟

一个人的身影

因为等待　格外颀长

千年诗歌　万年修行

你却说不记得我第一次的模样

十五号公寓　高大巍峨

五个单元　九层电梯

是不是最后一眼

蜿蜒街灯　绽放如莲

来往车辆　穿梭如织

是不是最后一眼

兰州牛肉拉面

低矮水果店

闪烁红绿灯

是不是最后一眼

对街小卖铺

有一个瘦削的女人

穿着睡衣

一边生意

一边上网聊天

她戴眼镜的男人

会倾过身来对我微笑

啰唆得我尴尬她变脸

买上三四十元钱冰激凌离开

背上灸着他们灼灼的眼

今夜有谁知道我离开

黄姑山社区　每晚八点

会有一辆挂着小喇叭的自行车

沿街打更般女声重复播放：

楼上楼下　关好门窗

防火防盗　注意安全

我不必再考虑门窗是否关严

也不能再倾听尽职的温馨叫唤

我的堡垒上演空城

离别的火车　今晚八点

七点的出租车总是不来

撂下行李　拎着一把蓝底红花天堂伞

从街东走到街西

从街北走到街南

左等不来

右等不来

雨过的街面自行车一辆辆
交通护栏外深水哗的溅上身来
湿了的心却莫名喜悦开来
长把天堂伞自动打开

这把伞无人为我打开
就像今夜无人在意我的离开
站在等你的转角
我看不到我的阳台
没有一扇窗为我而开
没有一个人伫立阳台
五月的花曾经艳艳地盛开
六月空余枝叶青青的无奈
没有鸟叫　没有犬吠　没有车来
天堂有谁知道我离开

虫二岛风光无限啊
我的杭州却没有风景
没有故事　没有记载
只有一扇窗
对着空中的建筑无声地开
只有一盏灯
一面镜　一个屏
一个等待的金色空烛台
两年平静如一日啊　等着你来
他们知道蔷薇想为谁永远地开

蔷薇曾经开

蔷薇一直开

那个人也许明天就会来

也许永远不回来

盛满鲜花的玻璃瓶如今何在

窗外那轮月亮还没升起来

我就这样走了

出租车终究要来

谁的心里

噙着泪　目送我离开

2007. 6. 24

我是一个小画家

我是一个小画家
我用我的手说话
画室很小　风帘哗哗
乌云翻滚　闪电奇长
雷声轰鸣　下起大雨了
我心宁静如芳草地一样
风云雷电只当音乐般背景
我要画画

我小鸟般哼着歌儿
只想着我的画
我为什么画　画什么　怎么画
今天我不想画爱情
虽然我会画青梅竹马
恋爱就是两颗肩并肩的星星
头靠头静静睡在月光中
深蓝夜空也听不见他俩悄悄话

我想画友情
请朋友喝一杯香红茶
边说故事边画画
每个人都有自己的朋友圈
天下一家我有亲密的战友

善良真诚　团结宽容　快乐休闲
我们自由自在　坦诚相见
心空群星灿烂　想着我就微笑如花

你问我知道你的过去
可是知道你的未来吗
我说我有一块橡皮擦
将不愉快的涂鸦
轻轻擦掉了
我还有一支小铅笔
在干干净净的素描纸上
画一棵友谊的大树开着花

这是一棵翠绿的树
夏天的雷雨后枝叶舒展
大朵大朵的白玉兰花
纯洁高尚又优雅
花儿素面仰望着天
说：真情不怕风雨雷电
我用我的心说话
我是一个小小画家

2007.6.27

五龄玉蚕

我是一条五龄玉蚕
四眠蚕
吐丝在殷商
他离开的时候带着我
睡了   而我不懂得死亡
我只会做梦

梦中我是养蚕女
自名为罗敷
夫婿从鹿卢剑鞘
摘下两颗明月珠
就辞别了家乡
他说好男儿志在四方

耳中明月珠
我养蚕   五龄四眠蚕
日日夜夜吐丝忙
乳白色桑蚕茧
金黄色琥珀茧
油绿色天蚕茧

多少只蚕
多少片叶

多少茧丝
丝三彩
我要织一床被
一丝一丝织入我的梦想

一丝一丝魔咒
一丝一丝忧伤
蚕丝被啊
请载我飞翔
天空有平坦丝路
通向我的新郎

如果他在东方
请载我去太阳升起的地方
那里青鸟载着半个月亮
夜色里丹桂飘香
晨曦里云蒸霞蔚
风中他在歌唱：归去来兮

如果他在南方
请载我去棕榈树下
那浑圆的棕果
好像火辣的非洲姑娘
丰满的乳房
我漫步海滩歌唱：归去来兮

如果他在西方

请载我去取经的殿堂

檀香缥缈的林间

小松鼠的眼睛贼亮

那年轻英俊的住持侧耳倾听

他庙外伐木歌唱：归去来兮

如果他在北方

请载我去黄土高坡上

那里饱满的玉米棒

我要掰下来做棒槌

傻傻的我要给他洗衣裳

黄河边我边洗边唱：归去来兮

红红的高粱地　　我们仰卧中央

慈悲如来佛主　　我们膜拜顶香

浩瀚金沙碧海　　我们嬉戏徜徉

朵朵葵花盛开　　我们面向太阳

三彩蚕丝被啊

请快快载我去见我的新郎

梦醒我在何朝何方

一个结着幽怨的女人

腰间系着五龄玉蚕

沉迷梦境　　独自踯躅又彷徨

嘴唇念着他的名字

相思玫瑰花瓣一样芬芳

2007. 7. 31

我不能忧伤

我想在你话语的树枝上筑巢
枝繁叶茂　阳光道道的金闪
我是一只快乐的小鸟　会歌唱
啖着流泪的露珠　清凉甘甜
我不能忧伤

我想在你微笑的湖泊里沉醉
蓝色的波漾　小船轻轻地游荡
我是一尾贪睡的美人鱼　仰泳
晴空万里无云　大雁南飞
我不能忧伤

我想在你眼神的丝线里缱绻
温柔的牵系　安静的遐想
我是一条马头蚕　丝丝思念
面对相见遥遥无期
我不能忧伤

我想总有一天
可以远望群山掩映你家的檐角
拜谒你的家乡　你的爹娘
只要你说：可以的
我就不再忧伤

2007. 8. 9

第三辑　秃顶山之恋

返 乡

右脚踏上站台
寒意瞬息浸透全身
晓光开始咳嗽
阴冷潮湿才是我的故乡

奶奶牵着小女孩走在前
一只脚踏空陷入车与站的缝隙中
没有候车员
缺乏人文关怀　这就是我的家乡

车站很小
候车通道中布景居然是盆
永不凋零的五彩塑料花
以假饰美　这就是我的家乡

今夜看不到月亮
更别说天空群星璀璨
回家的道路很宽　只要不相比较
出租车双倍要价　这就是我的家乡

冲个澡　穿上红袄　一大碗羊肉鸭汤面

鼓腹想着瘦身大计

躺在沙发看电视中希特勒的死亡

金窝银窝不如　我的家乡

2017. 1. 21

云南断章

（一）

昨日大寒

云南无雪

湖南不雪

诗人说：没有雪

就没有冰的融化

夜梦半醒中　接到你酒后电话

爽朗的声音　熟悉的笑容

恰十五年前拈花远盼

我想你是忘记了

（二）

朝九晚五

云南的天空

比爱人的脸还要晴朗

白鸥成群浅翔

自由倜傥如我的梦想

高高的空中小小的飞机

清晰可见如你赠的纸鸢

伸手可撷

（三）

艳阳啊炽烈

坐在烈日下

从早到晚

红色围巾够长够宽　裹头

抱着琵琶

我用腹语牧羊

仰慕者如云

一二七一

今天我是云艺的新娘

（四）

我被自己困住了

我不思想

我不说话

我不开心

没有诗的时代

我用蛰伏掩饰颓废

我用沉默虚构智慧

我用素颜漠视美丽

窗外自在的飞鸟

飞近了飞远了

哂笑我的处境

我不知道我的灵感

是只乌鸦

还是只喜鹊

（五）

云南的下午
我蜷在阳光照不到的墙角
风烈烈地吹动帘幕
窗外山动
风动幡动心动
云南王啊龙卷风
你来巡视
是要传递我父的消息
还是要召唤我
逸外漂泊的心

2017. 1. 21

夜来香

入夜　寒气来袭
嗒嘀嗒嗒嘀嗒
室内石英钟步声慌张
呜呜呜呜呜呜
窗外一辆救护车急速驶远

这是个生死契阔的季节
月季花零星一朵两朵
杜鹃菊花和海棠
好像卸妆的新娘
夜来香翩翩长发已剪

这是个怨爱丛生的季节
黑鱼白睛　白鱼黑眼
阴阳冲抱　冷暖自知
最后一课　十年如昨
天风斋　芳华年年

2017. 12. 19

冬至

今天
绝事闭关
商旅不行　后不省方
祭天祭祖祭鬼神
拜冬贺冬　体静神闲

今天
一阳初生
五阴转化　生生不息
仲景舍药　出入无疾
神阙穴　艾灸香　避邪驱寒

今天
七日来复
鼓瑟吹笙　朋来无咎
高祖樊哙　笑啖羊汤
登泰山　祠明堂　何等英雄

今天
清晨和傍晚　天空无限心事
愁云如盖　万物沧桑
黄经 270 度　乾阳邈邈
南回归线　无限缱绻

今天
白昼最短　黑夜最长
正午太阳高度最低
蚯蚓结　麋鹿解　水泉暗动
南半球不解北半球的孤单

今天
开始数九
你返乡的时路迢迢
我只愿做一名主妇
菊花酒　糯米糕　平淡从容

2017. 12. 22

在场的理由

数九第一天清晨

梧桐树的叶子枯黄

没有一只鸟站在枝丫上

她从桂树旁走过　背影妙曼

脂粉味道是否让你忆起　我的丁香

晚上九点

呜呜呜突然风呼啸

水泥球场篮球啪啪声响　青春无敌

二十年前你我促膝夜话小山岗

露珠叩敲竹叶　叮当　音若曲水流觞

时空的隧道太黑

摆渡的灵魂　太轻

犬吠声声　你我渐行渐远

坐在观众席上

不知道是谁　剪短了我的长发

沉默是金

大象无形　大音希声

在或不在　我都是你的信仰

不需要证明　澄明　去蔽　直面　呈现

看啊　我为你敞开了一扇门

无人能关

2017. 12. 23

数九·第二天·断章

（一）

呜呜呜　呜呜呜

窗外朔风　一声接一声　怒号

寒晨五点　雏鸟梦醒　小脚冰凉

短剧中雪花那个飘

系着红头绳的喜儿　她爹是毕福剑

（二）

自由的精神　独立的思考

是一只又一只痴鸟

即使泣血　也要把日月歌唱

双头蛇　寒冬来了

你不能把所有树梢　都钉上尖刀

（三）

寂静的夜　圣善的夜

万暗中　继明照于四方

圣诞赞美诗　要感恩

尼哥拉斯教堂　咬破风琴箱的老鼠

天下一家　节日同乐　和平美好

（四）

北风劲且哀　寒江莫独钓
来来来　少徘徊
手把诗书来我旁
吾有好爵　与尔縻之
闲事且释怀

2017.12.24

月亮船

上弦月

如此皎洁明亮

牵引着我　走近你的书房

你抬头看　一个戴着桂冠的姑娘

笑盈盈地　坐着月亮船　轻轻摇荡

上弦月

如此宁静逸朗

照耀着我　伴你浪迹四方

你横槊　我鹤舞　我们相互和唱

高山流水　行藏随时　不再寂寞和惆怅

月亮的歌

有多少故事和传说

有多少才情和梦想

月亮还是那个月亮

你我　已不是年少模样

一别经年　红炉烧旺

暖一壶黄酒　梦中言欢

遥想当年　为爱痴狂

锦瑟笙箫　沧海蓝田

你看我的眼神　像迷离的月光一样

夜半醒来

寻梦　撑一长篙　霓裳飞扬

满天星光　却找不到　你的渡船

一盏蓝色孔明灯　载着青春简单的愿望

不知何时　落在了我的屋顶上

2017. 12. 26

青蛙王子

轩窗寂寂　帘外朦朦

把玩金球　悄然出城

沿着马头墙　莲步轻盈

穿过月洞门　有座拱形石板桥

站在桥上　扶着白玉栏杆　就可看到

椴树底下　那口小小古井

人说　一只青蛙　浮在水面　一动不动

闲云　冷月　寒星

井水里没有浮藻　游鱼

也没有蝴蝶昆虫

五千年　改邑不改井

蛙的世界　何其沉闷

井水明净　我心恻隐

文殊院里血书华言　香火鼎盛

滚滚红尘

抟土女娲　聊斋十娘

故事里走出夫门又回　回了又走

莺飞草长　却走不出爱恨情仇

而你　衔了金球　解了魔咒

变成王子　嘭嘭　忠仆的铠甲裂了
我应当感恩　好风相送　万里行舟

2017. 12. 30

永恒的雪

我们不可能回到从前
虽然冬天过去　就是春天

这是一场消融前的雪
绿叶流泪　挂着冰凌
空气清冷　朔风碎雨
鸟兽不安　躲在巢穴

神农塔笼罩寒雾
寂静中爆竹零星响起
年年熟悉又陌生
非凡无异于庸常

雪之道　缄默不语
灵之旅　永远在路上

2019. 1. 1

95

天黑了

新年的第一天
转眼黑了　那巡夜的风
会不会冷　那坚冰下的鱼
是什么心情

黄昏我和雪道别
天仍然下着碎雨
红茶丹桂挂满冰凌
一朵金菊　树叶下躲雨

百花的恋人　小蜜蜂
想必瑟瑟挨饿家中
总把 2019 写成 2018
握着时间的手　我内心惶恐

叮叮当当　楼下传来
钢琴希望的声音

2019. 1. 1

雪中叶

雪光　让夜幽静

又明朗　蕴含天道

让我留恋又迷狂

银雨纷飞　朔风清凉

那寒冰下熟睡的叶

带着微笑　告诉我

这世间　有人喜欢温情

有人喜欢冷漠

亲爱的啊　谢谢你

允许我　和孤独在一起

2019. 1. 1

巢

黄昏　仰望天空
看到一个
硕大椭圆形巢
筑在最高那棵树梢

叶早已落尽
不见飞鸟
灌木丛　雪融有声
恍若蛇鼠出没其中

一切际遇　冥冥安排
所见所闻　都是天启

2019. 1. 2

我想见小白

小白的黑眼眸
黯然又忧伤
他对主人很担心
狗总是这样
忠信单纯

子夜　那个雪人
风中孤单又寒冷

2019. 1. 3

东门行

北方永远不知南方的冷

凌晨　鸟犬都不吱声

天色冰冻下灰中泛红

炒一碗油渣花菜

祭辘辘食神

昨儿黄昏　小彭独立东门

一行蔬菜排在地上　齐整

她抿嘴微笑　双手红肿

我的诗　你的画　她的艰辛

劳动最光荣

2019. 1. 3

融雪的晨

吱吱吱　枝头处处鸟鸣
白雪下兰草惺忪
儿童叽里呱啦　学龄
耳冻　疾行
让风刮过脸庞
细细体会　冬晨的心情

喜鹊　和百鸟
喳喳喳　途畔林中　鸣

2019. 1. 3

从房间到房间

太阳被劫持了
月亮被劫持了
雪融化成蛇　游走了
地湿漉漉的
天灰蒙蒙的
白天和黑夜没有分别
只是黑夜更黑
更阴冷

从房间到房间
徒有四壁　隔墙有琴音

2019. 1. 3

我见你白发苍苍

时光波澜不惊
有些雪融入黑土
有些雪化为白云
有些雪　恋恋你额前

凌晨　鸟巢外
同一棵树上两只雀
背对背　各自遥望远方
子夜　我是否潜入你的梦乡

2019. 1. 3

失

有的人失恋

有的夜失眠

有的言失真

鸟兽　入冬便忧伤

我想听见无声之声

我想看到无形之形

洞穴中一片寂静

戴着枷锁

此生都是虚幻

2019. 1. 4

上帝死了

上帝死了
谁还在说：
凡是我的话
有耳的必须听

食色　性

2019. 1. 4

厌　世

辞旧迎新之际
被中的热水袋尚烫
室内空气清冷
我突然有些厌世
当想到要游到冰凉世界
每滴水的颜色声音　一模一样
在水中　我无法看到水滴的模样

江湖：庸常　应付和虚伪
我恋着这纯粹的床

2019. 1. 4

小　寒

夜定是晴了
篮球场传来球声
差一刻　子时

庸常乏味无意义
没有人说不
任劳任怨　社会

黑伞低小　有人同行
却没细看沿途风景
楼前合欢树　张牙舞爪

2019. 1. 5

霾

阴雨连绵冬天
天色鱼肚白
灰蒙蒙
无言隔夜奶茶

足尖冰凉
心情寂寥
昨夜的梦成空
空洞乏味僵化

叹息中
鸟鸣不绝于耳

2019. 1. 6

腊　月

灰天萧瑟
高楼寂然不动
不见远山　没有行云
腊月本应寒冷
无须风声

偶尔鸟鸣　童音
关闭庸俗的门
如此人生没有污点
即使伪证
让凉意素裹指尖

岁月阴沉
空中无日　无月
你不能说哲学沉沦
真理泯灭
玄鉴　光影

2019.1.6

我的诗是条狗

自闭症就是
闲聊时候想着狗
独自在家　孤单寂寞
想躺在坚实的床
踩着热水袋

狗喘着气
起身踱来踱去
又回到窝中
啧啧嘴　沉默不语
蜷缩着　黑色的头低埋

我的诗是条狗
穿着红棉袄　叹着气

2019. 1. 7

有种爱叫放手

有种爱
片刻停留
有种爱
念念不忘

有种爱
相濡以沫
有种爱
相忘于江

有种爱
纠缠不休
有种爱
懂得放手

小寒大寒　最冷
立春雨水　百草萌生

2019. 1. 7

长　寿①

你有姜黄的颜色
还有大红玫红粉红
深紫浅紫蓝紫
缤纷明艳

你有好听的名字
盛开在冬天
单瓣多瓣
娇小　恬淡　无言

我愿真情挚爱
长寿绵绵

2019. 1. 8

---

① 长寿，一种花的名字。

省委大院

食指第二指节
鸡骨留下的伤疤
像鲫鱼身上一片鳞
冬　手和书都粗糙

房间让寒暄寡言
黑暗使并肩矜持
母亲的木窗很小
黄色灯光温暖

微笑道别　没有握手
过警戒线　向门岗示好
踏着积水　像狗
凭直觉　原路返回

风起　树下骤雨蝶舞
闻到百年古樟　沁人芬芳

2019. 1. 10

113

蓉　园

晨醒　隔墙人声
帘重　窗外似风声雨声
赤足　取水　大饮几口
一股暖流　全身脉通

她打了会鼾　侧身安静在睡
我做了会梦　灯下梦境无踪
站在昨夜的门外
木门紧掩　我有些发呆

黑诗集挨着白枕套
我感觉幸福

2019. 1. 10

咕噜咕噜

百年蓉园
5 号楼和 8 号楼之间
参天香樟林荫道
树树相离　枝枝相依
仰望天空时
我听到猫头鹰叫
就在隔壁省委大院

咕噜咕噜
自在包荒　生生不息

2019. 1. 10

牛虻

晨醒　胃隐隐痛
蜷缩着　突感惶恐
在荡荡岁月长河
我是泥　沙　还是石
泥本身污浊
沙没有立场
石　会不会渗入世俗
千疮百孔　或变得
圆滑无棱

梦里鱼虾
我害怕肉身欲念

2019. 1. 11

董小姐

董小姐妙龄　皮肤很白
穿皮草　假睫毛翘翘
明眸善睐　哼哼娇媚低笑

这个冬天阴沉沉　湿雨
灰蒙蒙　没有风　没有太阳
她说：往年这时候　我做风吹鸡

董小姐在朋友圈贴了张寻人启事
姓名：太阳公公　年龄：五十亿
原因：老年痴呆，走失二十天

2019. 1. 11

柳慧你看，月亮

又起雾了
酽酽一锅高汤
有狗吠叫　孤单

念念不忘昨夜
看到了新月一弯

众人结伴先行　我独伫步
仰望天空　心中呐喊
"我的爱，你在哪"

裸树萧萧　寂天黯黯
莫道不消魂

且行　且观天意
隐约白云缱绻
回首　喜见新月朦胧

楼上鹅鸣
这是一个欲望之晨

2019. 1. 12

118

黄玫瑰

三九寒冬

阴冷天气

百无聊赖时

忽见园中

盛开了三朵黄玫瑰

瑟瑟风　娇颜

花瓣或有枯萎

或有残缺

让我想起多年前

满天星斗下　潺潺清溪边

你的彷徨　我的低眉

后来你发给我喜帖

新娘名字　黄玫瑰

2019. 1. 12

花 凋

你的冷漠
是一袭华美裘衣
裙裾不经意
牵绊　阡陌边
腊月三九里
风餐之月季
花瓣一片又一片
飞扬　零落于泥

人言败柳残花
我却惜她　蝶舞熠熠

2019. 1. 12

红山茶

寂寞的是你

傲慢的是你

风里　雨里

朝夕

多少记忆

并蒂

花开花败

荣枯相依

那嘟嘟含苞的吻

是爱之信念

2019. 1. 12

茧

一个不恰当的时间
一个不恰当的地点
一条无名的虫
在阴雨无赖的腊月
在花木俱哀的城市高楼顶上
在一株眉叶落尽的幼桃树梢
缔结了他　苟且偷生的茧
被丧失恻隐之心的诗人发现

扯茧不成　连枝折断
用红色张小泉剪
给他做了生物学解剖
黑色的他正冬眠　或作假死
我审视片刻
将他夹着扔到黑母鸡面前
鸡在腊八节前尝了鲜
但她也看不到明年的春天

一切贪嗔痴念
不过是自缚的茧

2019. 1. 13

腊八节

腊八节
晨
榆木床坚实
双重蚕丝被温暖
吸顶灯很亮
室外的天　很黑
迟迟不亮

叮咚门铃响起
戴着头盔
皮手套　皮夹袄的
哥哥　送来冻僵的驴肉
煎好的白猪油
站在门廊没几句寒暄
赶工的他　匆忙便走

回到床上
窗外　天突然就大亮了

2019. 1. 13

腊八·夫子酒

对面楼顶没有人晒床单
昨日被雨淋　后怕
晾衣绳上
挂着几只薰鸭　风中晃动
我微笑着
舀了两桶糠
均匀洒在铁桶底
我的腊味
须三十六小时　不间断薰

腊八天气　清冷
天色酽酽　夫子酒
铜壶　生姜　炭火　对饮

2019. 1. 13

母 酒

茶陵的母酒
和木里的蜂糖
一样酽 乳白甘甜
是水酒中的蜂王浆

醉或不醉
舀几勺念想
梦中梦
诗人说送我一把伞

心中雨雪纷纷
伞者 散也 爱是一场筵席

2019. 1. 14

雄　酒

男人和男人没有什么不同
女人和女人也一样
只有相知相爱相惜
才能阴阳太极　似漆如胶

嘀嘀嗒嗒　2018 年湖南的冬
大大小小绵绵长长　雨
和往年的春一样
等待戈多　等待太阳

茶陵的雄酒　有点淡
有点苦　有点回甘
清爽耿直倔强
和茶陵的牛　我的诗　一样

大寒　小店　老友
喝三碗雄酒　唠同祠辉煌

2019. 1. 20

青春之夜

你让我不要恋床
外面走一走

我卧读女性主义诗歌
突然想起
青春　多少后悔
一不该让他陪着洗牙
看到我口腔的垢
二不该额前一片云
他抚摩到　发胶坚硬如石

三不该　冬雨之夜
我躲开了　你的伞

2019. 1. 13

窗外鸟飞

天没有放晴
雾霾阴沉
但好在没有雨
窗外不时有小鸟
单飞　双剪　三跩
如黑色箭　一忽儿射上
一忽儿射下

我突然有些乏
肉身为人　何言放飞

2019. 1. 13

腊八节的夜

果不其然
近黄昏
天又下起了雨

窗外天色蓝灰
玄凤站在我左胸袄上梳羽
我不在意他白色羽屑纷飞
脸颊感觉他鼻息轻轻
他挨着我脸　黑眼睛望着我
不时走动　信任地靠近我手
扭转头让我帮他挠痒
然后幸福地眯着眼打盹

我执书　时读时望窗外
玄凤信步　啧啧地吃起诗的边页
我们一起　等待腊八节的夜

2019. 1. 13

右脸靠窗

左脸黑窗

右脸白墙

我会不会变成阴阳人

阴阳脸　阴阳心

一会儿雨　一会儿晴

一会儿黑夜　一会儿白天

梦里西厢　右脸靠窗

冬和春　你和我　不远不近

2019. 1. 15

后眼睛

持续阴雨　天空没有太阳
女人就有些忧伤
阴不能没有阳

坐在一排头颅后面
根根白发稀疏　眼睛会说话
艰难活着　像冬树一样

雾霾　不能自由思想
神农塔前神农氏　充满忧伤

2019. 1. 15

诗歌的陷阱

我注意到　那个小帅哥
挥动的手　是断掌
天问斋主曾握着她的手：
命中注定，你是我的女人

后来？他的神仙女儿失了踪
九十度驼行的弃妻　义务清扫落叶
溺亡　大学生少夫人和他离了婚
他脖子上套着白色的　死神的托

女性主义诗歌　是只毒蜘蛛
结着网　等着飞蛾　对号入座

2019. 1. 15

窗外有条蛇

黑夜伏在窗外
他熄灭　最后一盏
信号灯　想让我沉沦
却不知　我就是灯
自在澄明

从前的清晨
我准备出门
伸手关窗
惊醒了一条小蛇
幽深的梦

2019. 1. 15

心腹之患

阴晴　窗外天色不同
就像一个人
印堂发黑还是发亮
可预兆其吉凶

连日来腹痛
惊醒冬梦
子宫肌瘤　肠粘连
让我想起死神

更年期加本命年
躁狂　焦虑　惶恐

2019. 1. 17

如是我闻

滴答滴答
狗来来回回
走走停停
门前　走廊　卧室
竖起耳朵　瞪大眼睛
不肯伏窝
我知道　她在等

滴答滴答
律动　在一个角落
是水滴　是时间
还是希冀
室内方正澄明
窗外幽暗冥深
我们摒弃市井杂音

你爱我的味道　最美
如是我闻

2019. 1. 17

知天命

遇见你
在我最美年纪
二十四韶光如电
你我眼里
看到的
还是
从前的自己

窗外
天还是那个天

2019. 1. 19

奶油沙发

肩胛酸痛
最好是
平躺在你的怀中
肉身翎羽一样轻盈
做一些短暂的梦
偶尔听到自己鼾声

像麋鹿休憩山谷
纯溪潺潺森林

2019. 1. 19

大　寒

雨声很大
这是夜
拒绝我的方式

二十四节气之尾
与首
何其相似

黄玫瑰
淡淡的忧伤最美

2019. 1. 20

在北方

十车道　黝黑空旷
路边没有行人
只有棵棵白杨
枯槁凄惶

十五的月不圆
单薄　清凉
崂山剪纸一样
我的心有些忧伤

我是在北方
北方　没有我的情郎

2019.1.20

寂 静

南方　夜的寂静
有车声　犬声　鸟声
还有你的鼾

北方　夜寂静
无声雪光

2019. 1. 21

猫 月

沙沙沙

我是一只黑猫

戴着白帽子

系着红围巾

蹑手蹑脚

在东北的黑雪上

迎着朔风

独自行走

夜深深　天蓝蓝　树寂寂

我怕惊醒了　十六月亮　爱的梦

2019. 12. 21

长胡子的月亮

月亮有星星陪伴
我有胡杨陪伴
星星了解月亮
我不了解胡杨

月亮时而微笑
时而落泪
时而胡须
时而长上翅膀

我想和月亮合影
一只黄猫　瘦长身影　遁入黑暗

2019. 1. 22

月亮照镜子

清晨
我对着镜子抹粉
突然发现
月亮也在镜中

她好奇地看着我
又看看镜中
素面如玉的自己
不明白凡人的在意

她对我耳语：
风会帮你涂胭脂

2019. 1. 22

红月亮

北方　天黑得很早
乘车　自道外　向道里
忽见地平线上初升
软软红红月亮
硕大　性感　迷狂

疾速　一路向北
杨树　柳树　丁香
建筑　车辆　高架墙
月亮忽隐忽现
橘猫一样

月色从红变黄
从金变银
渐升渐高
我心跳急促
澎湃爱的幻想

高楼浮游暗黑中
盈盈笑笑　月轮
大寒之后
这陌生冰城
悄然萌动　春心

欲火焚身
献祭　今夜我是神的女人

2019. 1. 22

黑夜，我想着红月亮

丑时　我躺在北方
洁白熊毛褥毯上
想着地平线　那一轮红月亮
软软糯糯　肉肉的红月亮
异乡的我　看到她时
除了性　一无所想

我想和月一样
赤裸身体　为爱迷狂
月光下　旷野里
潮汐　一浪又一浪
激情　炽火　燃烧
爱　是万华之光

黑暗中　我独自躺在北方
悄悄幻想　牵引你的手
触摸我　怦然心跳
那儿有着月亮
硕大　浑圆　柔软
最性感　最神秘　最温暖

2019.1.23

146

月亮瘦了

月亮瘦了
是因为思乡
还是心痛
夜雪纷飞　户外
甩尾吃草的马儿

月儿清瘦
或许只因一夜贪欢

2019. 1. 24

月亮越来越瘦了

低头抬头之间
看到一指甲瓣　白月
淡淡的　薄薄的　瘦弱
天色灰霾　抹不开

仰望月亮之间
不经意回首
太阳已在高天
浓雾加身　忧心忡忡

雪乡红月亮　浑圆
在心的地平线　永恒
那一瞬的爱欲　永恒
但那纠缠狂想　已成过往

是谁　将手伸向月亮
轻抚她的脸庞
又是谁　不小心折断了
冬天的这一枝红玫瑰

猫头鹰咕咕叫过
喜鹊喳喳喳　临

2019. 1. 27

马王堆

江浙人很温婉
董小姐例外
她爸随王震支疆
她是疆二代
出生新疆
外表像白狐妩媚
内心如野狼生猛

她思想简单
言语尖锐草莽
昨天她扑闪着丹凤眼：
"哇，一看到你，
就想起马王堆！"
我眼前浮现女干尸
狰狞模样

她脆生生补充："复原照"
"啧啧，这五官，经典"

2019. 1. 22

雪　国

丑时梦醒
窗外雪乡　有光

我想起川端康成
想起那个姑娘

她在雪中行走
脚趾缝，都是洁净的

2019. 1. 24

丑　时

丑时是个象征
也是个烙印
我在丑时出生
在丑时醒来
有个声音：
你有你的使命

众妙之门紧闭
终将敞开

2019. 1. 24

影

冬　陌生的城
天黑得很早
就像相谈甚欢的人
突然不再沟通

拖着行李的异乡人
路灯下　迎风独行
深浅灰　前后中
相伴三个身影

影　是不是灵器
而人　实际上有三颗心？

2019. 1. 24

我的爱人（其一）

我的爱人
有着长长白睫毛
皮肤蜡黄　雕像一样
他戴着毡帽　口罩
围巾　手套　全副武装
只露三分之一脸庞

大雪纷飞
我的俊美爱人
面带微笑　静静地
站在秃顶子山上
他是一棵高大白桦
守护着神秘雪乡

2019. 1. 25

我如此爱你

瘦月蓝天的早晨
阳光心情甚好
雪在地上　滑行
踮脚　旋转　飞跃　跳
天鹅舞

你默默站在雪里
也不踢蹄　也不摇尾
长睫下大眼睛看着地
我不由自主
走近你

喂你一颗糖
抚摸你　轻轻抚摸你
你聆听　我低语
你的额　厚实柔软
你的唇　湿润温暖

窗外鸟声轻啼

雪乡的马儿啊

离别后的清晨　我想你

我是如此地

爱着你

2019. 1. 26

如果上帝来敲门

你的唇只有片刻
迟疑
但那一瞬
我便知道　你的魂
已游移

有人在敲门
嘟嘟
我们屏住呼吸
即使上帝来了
也不打开

你在敲门
嘟嘟　嘟嘟
时光的水哗哗
我对你关闭的心扉
再也不会打开

天地喑哑　灰涩
一群雀飞舞　点燃阳光

2019. 1. 28

秃顶山之春

我想化作风
天天和你同行
我想化作云
俯瞰你醉眼惺忪
我想化作雪
裹着你一起到春

喘息 逍遥 铺陈
肆无忌惮鹏鲲

2019. 1. 28

秃顶山之恋

我的肉灵　抱膝蜷蹲

山外蓝天　白云如鲸

咚咚咚　你听　心跳的声音

那是爱的雪婴　咚　咚　咚

疾风　大雪　天地玄冥

杨树　榆树　桦树　松树

枯槁　喑哑　赤裸　坦诚

扎根千年　累累伤痕

每一片飞舞的雪花

都有灵动的翅膀　轻盈

每一粒休憩的雪籽

都有深情的眼睛　闪光

积雪下　我的爱莫名

我的谷　流水禁锢　万里冰封

林中　找不到兽的足迹

看不到鸟的巢穴

我寂寞地爱着　虚无
渴望躺下　舒展自己
以六十四种方式
隐显　颤栗　呻吟

瘦瘦白月亮
竖起乌鸦的耳朵
侧耳　倾听
树根　深深插入

2019. 1. 26

怪兽小年

夜泛着红光　寂静异常
某处有犬不安　呜嗷嗷叫吠

小年是只怪兽
戴着四方帽子　窗外蹲伏

小年是只怪兽
胡子拉碴喝酒　咕噜咕噜

小年是只怪兽
化作感冒潜入　将我吞噬

小年是只怪兽
说：给我吃你的　红月亮

夜色微醺　家犬叹息
鞭炮此起彼伏　噼啪响起

2019. 1. 29

你说你爱我

你说你爱我
在这无晴
阴沉沉雾霾天气

秃顶山　闭上眼睛
给白桦树　一个吻
树体颤栗　累累伤痕

我曾对云天说
我曾对日月说
我曾对飞鸟说

我曾对玫瑰说
我爱你

2019. 1. 29

小年小恙

左眼流泪
硬币阴面
掀被的时候
红色签字笔　啪的
掉落木板地

黑泰迪
静静蜷卧一旁
均匀呼吸
像条胖毛虫
不时长吁短息

鞭炮放得不响不密集
年兽大摇大摆　来袭

2019. 1. 29

女人晨

白色茧
茧外是光
茧内玄黑温暖
闭着眼睛　蠕动
抚摸　冥想

想到紫梧　如花嫣笑
她的《一个人的黄昏》：
"左手握着方向盘
右手伸进衣领
摸了摸自己乳房"

立春前的晨
是个哺乳期女人
乳汁饱满
夜猫子　咕噜
有些嘶哑

2019. 1. 30

花儿如我一样

在苹果树旁
牵一根绳
吹肉晒鱼
华胥说：要开春了
趁早薰

回首
一枝粉色月季
独自盛开
夭夭萧瑟之中
瓣瓣如我的唇

2019. 1. 30

黑天鹅

天地之间
一定有什么阴谋
帘幕这样晦涩
灰蒙蒙混沌
是要毁灭
还是要重生
人何去何从

白昼如黑夜
看不到真理之光
立春前　寂寥
我是未名湖中
一只黑天鹅　浮游
另外一只
不知飞去了哪里

2019. 1. 30

听　风

两个枕头
做成十字架
将自己钉在床上
思想
无绪流淌

呜呜的风　　歇了
叮咚的琴　　歇了
笼中鹦鹉
日复一日
歌唱　所求者何

你伸手
触摸不到　　形影

2019. 1. 31

小女巫

你说我心里住着一个
小女巫　很奇妙
深夜很静　你很安静
想必你已进入梦乡

我轻轻飞　扇动翅膀
悄悄飞入你的梦乡
蓝天　碧水
绿草地上有牛羊

花丛中　你牵着她的手
小心翼翼地吻
一下　两下
湿湿的　有些凉

关灯
窗外的光　映照墙上

2019. 2. 1

167

玄，你的眼为何忧伤

天一亮
玄凤就开始歌唱
唧唧　啾啾　爱的旋律
长歌　呼唤　款款情调
低头　躬身　半张翅膀
风度翩翩
邀舞的绅士一样

黑眼睛看着我
有些忧伤

2019. 2. 2

菊

银杏　苹果　桃
赤裸身体
瘦削

满园萧瑟
簇簇菊枝黑
枯槁

一群小麻雀
枇杷叶上秋千
嬉闹

阳光时隐时现
冬即去　春将来
天青云白

一朵黄菊初绽
瓣儿葳蕤
翕窊

茶　酒　诗
魂消
莫道玫瑰好

2019. 2. 2

爱是生活

天红　如崖岩
天蓝　如布衣
天灰　如信鸽
大雨滴　冷空气
今晨如此善变　我想你

玄凤唱着同一首歌
白鹅胆怯嘎嘎
近楼鸟啼　远街车淌
狗叹息　蜷卧嗜睡
今晨如此宁静　我想你

星明　闪闪烁烁眼神
风微　小心翼翼亲吻
天净　大朵白云如菇
西风　熙熙攘攘羊群
昨夜美妙善变　我想你

鼠在楼上窸窣
猫在楼下逡巡
鸡鸭做着最后的梦
橘皮谷壳弥漫薰香
昨夜梦般遥远　我想你

170

昨夜今晨相依
我想你

2019. 2. 3

立　春

我是泥土中避寒
乳白的虫
透过尘隙　　仰望
被我吻过　　噬过的绿叶

我是夜色中的黄猫
尾巴竖起　　轻轻摇
守着我的鱼　　老鼠
安静耐心　　目光幽幽

我是公鹅守护母鹅
我是麻雀啾啾枝头
我是爆竹声声响起
我是对猪忠诚的狗

立春的上午
我是从冬　　开到春的玫瑰
不是最后　　不是最美
风中摇曳

2019. 2. 4

元日春雨

刷刷刷　春雨
接踵祈福的鞭炮
飞天直下　突如其来
鸟啼　鹅哦

青灰天穹
像一片竹林
幽静　林际泛红
林间蘑菇朵朵

空气湿冷
清新
玫瑰站在雨里
我蹲在檐下

北风憩
大地苏醒

2019. 2. 5

富旺金橘

元日
我对你的爱
不是带露月季
不是多汁樱桃

我的爱
是朴实金橘
三季开花
四季挂果

花　白瓣绿蕊
果　岫玉金黄
君且啖
清香回甘

2019. 2. 5

碣石的爱

犬日　寅时
东风二级
呜呜呜　咆哮

我是沧海边
一碣石
硕大　敦厚　坚实
麻黄　油亮　发光
一半冷空气
一半苦蕴水
世界这么黑

爱是空气
又是水
包围　紧裹　纠缠
我想放下
可是没有手
我想离开
可是没有脚

等你来　临
你也许今天来
也许永远不会来

2019. 2. 6

红丝巾

春来了　天色素荷
着墨不多
细雨绵绵凉凉
又到情人节气

分手那晚
校园球场很黑
细雨绵绵
你不会注意我
右手紧握
你送的红丝巾
薄　短　滑

冬天盛开的玫瑰
春雨中凋残

2019. 2. 8

原始爱

北风肆虐
室外雨夹雪　很冷
鸟鸣　你敲击鼾的鼓
做着王的梦

玄凤敛翅长歌
母鹅习惯了公鹅
屋宇依偎天空
我的爱很原始

轻轻揭被一角
塞个热水袋
暖在你足

2019. 2. 9

他脚下安着弹簧

看着凝脂一般
少女的脸
很容易缅怀青春
那时候　我们彼此写信
他眼里含着笑
兰花指　手背遮着嘴
学画画　安安静静
瘦瘦高高
走路轻快　像踩着弹簧

她说：因为你喜欢他，所以
我要把他抢过来

2019. 2. 9

料峭春晨

窗外　天空
是个写诗姑娘
喜欢素颜
清晨
她脱下香云纱
换了件月白罗衫

吧嗒吧嗒
黑犬舔舐毛发
哼哼呼呼
黑犬咬着虱子
啪啪啪
黑犬用后腿踢痒

我学做女人　嗲声嗲气
你正色：好好说话

2019. 2. 10

179

刍 狗

我和天空

坐躺着　我弓着腿

他伸着脚

我屋内　坐东朝西

他窗外　坐西朝东

我穿红袄　他着灰裘

我们闲着无事

我看看他　他看看我

默默地　很少说话

任鞭炮声此起彼伏

我说：对我说句情话

他说：我心心念念都是你

"天地不仁，以万物为刍狗"

拥被卧读　肉身如沙丘

2019. 2. 10

180

情 人

鸟是天空的情人
天空是我的情人
我是狗的情人
狗是猪的情人
猪是鼠的情人
鼠是牛的情人

今儿个一大早
有只鼠　胶在鼠贴上
吱吱地叫

2019. 2. 10

歌声缥缈

树林　空地　黑夜　光天
爱　如一帧帧老照片

想想你没有说过什么
犬在身边叹息

娜娜①不解风情　不理发福
他们都是处子　懵懂

娜娜也发情　散发着芬芳
我抱高她　发福直立作揖

窗外　歌声隐约
花样年华　如烟

2019. 2. 10

―――――――――
① "娜娜"和"发福"都是狗的名字。

182

十二个太阳

春天是个穷屌丝

贫穷 使他缺乏想象

他双唇灰白 吻

给了一支支香烟

总是有雀 箭一样

窗外斜掠 疾驰向上

与鹅共享

新谷 和清冷时光

嘀嗒 嘀嗒

雨夹雪的密电

无须解码

浓雾 天外是天

十二个太阳

我将他们折成书签

其一薄白 曾在云中

看着我 目光幽怨

2019. 2. 10

信　仰

南窗　夜是一只黑狗
我看着他　他看着我
我看不到他黑色的眼睛

北墙　床畔　小娜在窝
我扭头看她　她扭头看我
我看不到她的眼睛

我们能看到彼此目光
夜如犬一样　对我忠诚

当我掀被　伸出脚丫
小娜会跃起　舔

她所表现的虔诚
一如信徒　亲吻佛足之尘

2019. 2. 10

人　日

我的身体
中国黄　有如大地
我的灵魂
银鸽灰　天空的颜色

湘江河畔
你曾为我写赋

白茅轻摇
有船缓缓驶过
时光　鸟鸣
那一刻　你停下来

你说：从心所欲
我说：等七十，没有什么欲望再说

2019. 2. 11

185

夜玫瑰

这朵玫瑰
真的开得很久
从狗年开到猪年
无视阴雨绵绵

没有太阳的雾霾天
没有月亮的寂寞夜
我牵肠挂肚
她的存在　是种象征

夜玫瑰　湿漉漉的
一如我站在你的床前

2019. 2. 11

紧

腹痛　脚凉
定格你的风景照

睁眼　开灯
窗外乳汁白　翻了奶罐

唰唰　唰唰车行
双足交叉　芭蕾顶

我站在褥中
裹紧　背靠坚硬城床

轴松　赤裸裸
呈贡　王的面前

我想要个孩子

2019. 2. 12

春天的故事

电脑突然重启
就像手机自拨　门没锁好
他的名字　黑暗中浮现
一闪一闪　如孔明灯

月光那么明　树影婆娑
一切天造地设
在一起　只有彼此
没有天空　大地　时间

细雨蒙蒙　月季枝上新叶
芽芽饱满　随时爆发

2019. 2. 12

亮灯的房间

我整天躺在白盒子里
开着　白色圆形吸顶灯
白色弧形壁灯　从清晨到深夜
我发现　开灯熄灯时　斜对面
有间房总亮着灯　一盒子萤火虫

那是一个老年男人的房间
夏天　我看见他光着膀子
双臂交叉胸前　倚窗而望
白花花肉身　松弛　褶皱
触目　好像一幅印象派写生

我抱着乐乐抚摸　亲吻
乐乐会伸出舌头　黑瞳晕眩
呵哈大笑　对面仿佛有双眼睛
乐乐是只蓝冠锥尾鹦鹉
我有一个亮灯的房间

2019. 2. 12

爱情鸟

情人节一大早
阳台鸟笼中
黄牡丹骑在原始玄上
在做爱　摇啊摇

我使个眼色给他看：
两只公鸟　不同种类！
他说：你莫关他们在一起
我说：已经相爱　何必分开

2019. 2. 14

路灯之情话

我和你　是
两盏灯　肩并肩
在一柱上

照亮枝头鹊巢
璀璨雨中腊梅
浪漫情人夜路

一生眷侣

2019. 2. 14

腊梅之恋

男人　女人　和狗
黄昏　细雨　慢慢儿走

遇不见一个人
看不到一朵花

登山　小径
金灿灿腊梅忽现

淡妆　朵朵晶莹
浓香　树树芬芳

情人节最好的礼物
"送我给你!"

2019. 2. 14

有两只鸟飞过窗

天的眼神空洞
无精打采
太阳沉湎后宫
不理朝政

有两只鸟掠过窗前
唧　唧　闪电一样
石榴萌发新芽
红梅和海棠争艳

不管你喜不喜欢
湘女是不一样的春天

2019. 2. 15

爱是幻境

窗外黑洞洞的
玻璃幽幽　长满眼睛
我低头看书
有眼神看我

抬头
硕人翩若
错开我的目光

端坐　直视窗外
廊灯没关　门印在窗玻上

2019. 2. 15

神涂黑了我的夫妻宫

今天有个盛宴

我不知要穿什么衣裳

羽绒衣脏了还没洗

搁了很久　已无黑龙气息

那就穿上吧　黑毛衣　黑打底

一只黑天鹅　神定气闲

早晨空气清凉

指甲刮刮　眼角那个黑豆斑

大事小事　不可逆转

当年嚼碎绿茶敷在眼界

半个时辰洗

赫然纹上一只菜粉蝶

那是神　涂黑我的夫妻宫

告诉我　不要亲近好色之氓

2019. 2. 16

195

北方南方

我和你漫步古街
你背着吉他
我牵着月亮
我们手握着手
从白天走到黑夜
从阳春走到飞雪
从北方走到南方

我是在北方
又是在南方
一切干燥带电
一切阴冷潮湿
你是在远方
又是在身旁
记忆是遗忘的碎片

2019. 2. 20

春 雷

出行的清晨
闪电 惊雷
回归的夜晚
闪电 惊雷

雨水
我听到竹叶青
爱的呻吟
那一芽的深情

我是该啜饮
还是虚拟回味

2019. 2. 20

芳草萋萋

滴滴答答　咚

雨脚踢踏舞

踩在湿草

陷入泥沼

消受春的味道

天色赭红

念山上腊梅

三日不见　可好

2019. 2. 21

一分钟太阳

右掌捂在额上
闭上眼睛
黑暗中思考
额　大地一样宽广

梦中你不小心
放飞一只鸟
天黑了
楼这么高

未时醒　人说
刚有一分钟左右
大太阳
又到云层去了

你躺在你的沙发
我躺在我的沙发
你我错失了什么
我选择原谅

2019. 2. 22

199

邂　逅

最好是雨天
拈一枝红玫瑰
撑一把小黑伞
细雨如丝
四十五度斜帘

最好是雨天

白山茶路畔
紫狐尾在田
苍耳翠绿
野菊金黄

最好是雨天

灰蒙蒙天色
鸟鸣林间
犬行道上
野旷少有车喧

最好是雨天

你天际走来
随风而过
淡淡看我一眼
一世不再相见

雨歇的春晚

篮球撞击栏板
男生们吆喝奔跑
校园 久违的喧闹

倒是猫噤了音
我听到夜的耳鸣
青蛙们在觉醒

英子额头痛
我左眼跳 水肿
同事相互赠送药品

狗梦醒叹息 吠叫
蓝色 白色 紫色
往事如烟 嘤嘤

刚下飞机 他四处借火
其实我双肩包里
一直有一盒火柴

很多事情
你问起 我都不会说

2019. 2. 28

简　爱

浩瀚油菜花海里
遥遥地　我看到了你
沿着紫云英的田畦
走近你

清风拂来
春天浓郁香袭
一阵又一阵　醉了
蜜蜂嗡嗡　嘤嘤

夕阳洒金
照耀着　蓝天
枯树　颓圮
芳华的　我和你

树下　那一袭白衣的渠
面朝西方　故事中多少般若

2019. 3. 4

龙抬头

三八节那天　龙抬头
本命年的他
特意上午理了发
站在门口
意气风发　英姿神武

大家开着玩笑
他说：这辈子就一个女人
没有女朋友　退休了谈恋爱
女人们七嘴八舌：谁要你嘛
一没钱　二没情商　三没体能

哈哈哈　女人们的笑声
像春日午后桂树枝上雀鸣

2019. 3. 10

我吃了夕阳

邻居为我蒸了一块鱼
吃着吃着　忘记要去看夕阳

登楼　夜色已黑　惊见
天央　弯弯一弦　银勾月亮

琴声响起　黑狗一声叹息
你说没有看过　我完整的身体

爱是寓言　我于你　世界于我
其实都是一头大象

2019. 3. 11

挂钥匙的男人

星期二的夜晚
月亮船悠悠
蝙蝠空中穿梭

下课铃声响起
他准时出现
春笋一样　敦然　冒出来

他很兴奋："我找到钥匙了
花了六天　因为你说
钥匙是打开真理之门的关键"

"钥匙咣喽咣喽响，好不好？"
我抬头望着天空　和他走着
听到他右腰间钥匙晃荡的声音

叮叮当当　叮叮当当
小猫小狗小女生

2019. 3. 13

年嘉湖的夜

无端　天空下起了雨
滴在我额前
梅树旁　红围巾裹头
回眸一笑
你说　你真圣洁

阵阵腥风　我和鱼
同一个肺　高大樟树
沙沙响　一片叶
顺着我的长发
翩然落下

冬天未落的叶
春天落下来
当你说：最爱你
老樟树咔的一声
树皮绽开　裂缝很大

2019.3.13

年嘉湖春晨

年嘉湖
我想是那
习习春风
轻拂你额前
新柳
细看你真颜

又想是那雀
或飞或栖或歌
陪伴你
等待
桃花骨朵
静静绽放

我即将离开
喜鹊喳喳

2019. 3. 14

不是断桥

灯已眠

晨未醒

多少春泳

水拍堤岸　哗哗

鸟鸣　人歌

昨晚吹过的号角

又响起

风淡雨微

斗角飞檐

这不是断桥

我没有油纸伞

也不会遇见你

2019. 3. 15

不能拔尽未来

蚊子　柳慧
来　帮我拔白发
十根以上　奖励
一根一根又一根
十根又十根

年嘉湖畔青柳
你的发　冬落了
春又生
而我　拔得尽白发
拔不尽未来

2019. 3. 14

两棵海棠

两棵海棠花
一左一右
立在宾馆大堂前
明艳似火

服务员热情饱满
和离开的客人招呼
他记得他
他忘了他

我拍照　花前花后
从左到右　从右往左
蜜蜂钻进花蕊
肥臀颤颤

海棠花千手千眼
冷观天上人间

2019. 3. 14

夜 雨

电话煲　发烫

停止通话

窗外雨声淅沥

寂寥春夜

突然想起你

阳光下　明月里

森森竹林

茹茹茅草

白色野茶花

爱的记忆　没有雨

我们相忘于江湖

不曾经历风雨

2019. 3. 14

春 咳

咳咳咳　春咳
我想吐出　心中的你

嘀嗒嘀嗒　犬徘徊的脚步
和雨轻叩窗扉一样

你的牙齿那样白
和夜色中的街灯一样

我记得那一天
觥筹交错　鲜花满怀

2019. 3. 14

花脚猫

花脚猫　豹纹
四只白爪子
他似时间
悄无声息行走

一块石头
躺在沧海边
她不说话
她只唱歌

2019. 3. 14

心怀天下

单行道
不是十字路口
没有红绿灯
他突然行驶缓慢
停下来
我正讶异
他说：有一只狗

路旁一只长毛黄狗
想要横过马路

2019. 3. 14

十全十美

捂住眼睛
我看到自己内心
春江潮水连海平

歃黑夜的血
为缄默之盟
以犬的叹息为证

"终有一天
站在神的面前
我和你的灵魂平等"

2019. 3. 14

之 前

在白雾消散之前
在十鸟苏醒之前
在猫头鹰咕噜之前
在蜗牛湿亮爬行之前
在紫藤花绽放如瀑之前
在龙蟠树戴上白花之前
在乡亲捧着哈达之前
在我提问之前
在杨达瓦回家之前
在木里山火爆燃之前
在姐姐的笑容凝固之前
在我的泪干涸之前
在天地不仁之前
在那一天这一天之前

2019. 4. 5

清　明

艳阳天　天眼没流泪

杜鹃映山红遍

在坟头上谈着恋爱

柳絮纷纷

将精虫播在河床

油菜花怀孕了

高速公路大腹便便

我和你默默不语

阴阳两界

冥婚

我将会死去

你将会活着

你会再爱　恰似初恋

天好黑　大地的心很凉

2019. 4. 5

用新月勾起罗帐

晚风呼呼
蛾眉新月升起
银晃晃　轻轻荡漾
来　让我们勾起罗帐
天为证　地为媒
印证你的梦想

蛙鸣呱呱
柳絮飞扬

2019.4.9

白杜鹃

我是迎着朝阳
鸟儿一样追逐梦想
丹桂香樟
风中哗啦啦响

杨柳轻摇
鸢尾低唱
白杜鹃花啊 你
为何让我如此忧伤

2019. 4. 9

杉树之春

暮春的黄昏
细雨蒙蒙
楼前一棵杉树
新叶葱茏

雨露挂在指尖
青苔躯干繁衍
伊人撑着伞经过
无视他的容颜

鸟鸣　猫叫
不由自主的爱情

2019. 4. 10

天使的泪

曾经　我不知道
春天　也会有落叶
你说：冬天不落的
春天便落了

曾经　我和你
良夜相偎
倾听叶的露滴
踢踏舞　嘀嗒　嘀嗒

以为不能
捕捉天使的泪
凝视晶莹的瞳
为何我如此忧伤

春帷随风轻扬
记忆之花散发芬芳

2019. 4. 14

手　语

四方匣子
整整齐齐坐着
一些黑豆子
不用思量
发芽　开花　证果
如青蛙蹲在温水里
腆肚昏睡咕噜

洞穴　枷锁　光影
穴外风　拂拂停停
惊涛骇浪
长河的手语
是要警示什么

2019. 4. 14

剑鞘歌

驰骋沙场　手刃数人
我想你也累了
削刺仇敌肉体
剑身会不会痛
酒穿肠
谷有没有遗憾
不能播种

我愿意为你的鞘
仿佛船的港
但　你恋恋不忘
鲜血的腥
禁锢是自由
拨出　插入
时代在呻吟

2019. 4. 13

好白菜都被猪拱了

就像白和黑
寂寞进入空虚
桃花樱花谢了
紫藤凋零
石楠一树一树　华胜
骤雨中雨细雨
迷雾重帘　春光无限

她左手握着一把蒲公英
轻盈走出十里香丛
陨石的脸上　绽放笑容

2019. 4. 15

铁线莲

暮春　宿雨后
万绿丛中
盛开朵朵如莲
曾历严冬
柔弱身躯枯槁
生锈铁线

如这一篱
铁线莲
我盛开你眼前
爱
不经意
盛开了又凋谢

2019. 4. 16

英雄无用武之地

普罗米修斯：
狼烟燃起
是不是一种预警
上凸月渐盈
白色瓜帽下
龙云遒劲
灯眼忧伤

绿色校园里
新生军训
苍穹下拉着歌
壮志凌云
我希望
英雄永远
无用武之地

2019. 4. 16

看月亮的小鸟

夕阳西下
东方楼顶护栏上
一只黑色小鸟
站着　仰望
一瓜白月亮
等待爱情
还是享受安宁

我不敢想象
孩童举起弹弓

2019. 4. 16

Today 今天

浅蓝色的诗
奪拉着翅膀
深蓝色泳池放干了水
眼睑泛白　发炎

天阴了　又晴了
阳光灼灼　绿桂如伞
午时坐到未时
我喝了一杯酸奶
吃了一筒牛奶冰激凌
又点了卡布奇诺
续了两次茶

鸟反复问我：你在想什么
我也问自己：爱　不爱
你终究没有来　嘀哒嘀哒
过客三三两两　走近今天　又走远

2019.4.23

我应当装模作样

低矮的今天
面对一凹小小人工湖
放干了水   没有鱼   没有藻
蓝色   斑驳   湖心竖着一根石龙柱

我一个人面湖坐着
背对杉板路   人来人往
仿佛在洞穴   戴着镣铐
鸟跃树梢   自由天使歌唱

你坐到我对面   走了
又一个你坐到我对面
我应当装模作样
看你一眼   像故事里一样

2019. 4. 23

三尺巷

雷公电母吵架
是人民内部矛盾
还是敌我斗争

大地噤声
我瞟见西南隅
天的脸是彩色的

一瓣两瓣三瓣四瓣
鸟鸣嘟嘟　雨蹄哒哒
你的生日近了　隔着三尺巷

2019. 4. 24

花　语

你说　爱是生活
诗是艺术
我说　爱是艺术
诗是生活

花说：
诗爱　艺术生活

2019. 4. 25

我忘记了初吻

鸟儿醒了
青蛙睡了
我曲膝坐在床上
七色月季摆在对面
深夜雨中我将其采撷

我的狗　不知哪里去了
一个曾经送我胭脂的少年
清早和我微语
他老父亲问起了我
现在怎么样

一本和诗放在膝上
一袭长裙　踱回青春过往
谁是我的初恋
谁索了我的初吻
也许是我英俊的父亲

2019. 4. 27

我没有挎着竹篮

一年总有这么几天
春夏交替
太阳很大
雨很大
月季蔷薇开得很好
桃子梨子蓝莓结了青果
金银花密密匝匝探头探脑

应当采摘金银花了
黄昏时　当我终于闲下来
站在绿篱旁
看到这鸳鸯蝴蝶的盛会
茫然失措　天色就要黑了
我没有一袭长裙
没有挎着竹篮

忠犬仿佛知道我的心思
长长地叹了一口气

2019. 4. 27

234

我的爱人（其二）

我的爱人

曾经有一支旧口琴

他不会吹笛

我的爱人

曾经给我写过一封短信

他不懂诗歌

短暂别离

我剪下各色月季

插满桌上花瓶

鲜美的颜色

悠然的芬芳

仿佛我就在他身旁

那花瓣一瓣一瓣

掉下来

轻轻的叹息

将提醒他　不要忘记

我俩之间的

爱情

2019. 4. 29

235

想你的子夜，下起了雨

一个人的子夜
宁静又忧伤
幽怨又惆怅

沙沙沙
帘外突然下起雨
下着下着
突然又停了
仿佛阁楼伊人
推开古筝
满面泪痕

良夜这样静
叹息之后
远湖蛙鸣

2019. 4. 29

蜜蜂飞进我的房间

正午　一个人在房间
嘤嘤嗡嗡　一只小蜜蜂
飞近新插的花丛
撅起肥臀　吮吸蕊中蜜
我的脸如花
荡漾着笑容

小蜜蜂无知无畏
快乐单纯
就像从前
白色山茶花开
我雀跃林间
纤纤细管　痛饮青春

彼时阳光灿烂
此时流水潺潺

2019.4.29

我是你湖心一叶荷

恍兮惚兮
我如一叶新荷
蜷曲　舒展
静静地　湖面荡漾
骤雨倾盆
我绝不惊慌锐叫

雨敲叶　或滑入我心
或滑入你心
在你宽广的怀抱
我安心地睡了
梦中　花开
鱼跃

2019. 4. 29

满湖莲花开

梦中　我被水囚禁
沉舟黑暗
没有一丝光明
窒息　苦闷

哗然一声
舟舱瞬间升起
天穹光明
湖水荡漾

莲花朵朵盛开
带露晶莹
梦醒　我心愉悦
懂得　神的预言

2019.4.29

239

树梢一只鸟

树梢一只鸟
独自　清脆歌唱
我驻足
举起手机　欲拍
他展翅就飞
到另一棵高树
和群鸟　一起歌唱

他是不喜我打扰
还是想让我看他飞翔

2019. 4. 30

山间，我想有一座房子

夜半打开门

廊道蔷薇花香

甜蜜袭来

移步十八楼上

驻足花前

凉风习习　遐想翩翩

我想有一座房子

前面是塘

后面是山

门前左边一棵桃树

右边一架葡萄

前后左右还种些果树

橘子梨子和酸枣

还养一只狗　叫阿黄

这其实是我儿时的故乡

老宅已被父亲卖掉

返乡成为梦幻

城里人想安园田居

农村人想奋斗都市

半夜我一声叹息

2019. 5. 2

下雨啦

蜜蜂和我一起
他采蜜
我采金银花
天上云看着我们
笑眯眯

哒　哒　哒
我听到轻轻脚步
额头一滴凉
再看水泥楼面
星星点点痣

楼顶晒满被褥
我到檐边大声叫：
"下雨啦——"
刚喊完
太阳乘雨出来了

2019. 5. 2

我捡起一支铅笔

我在马路上
捡起一支铅笔
妈妈说："捡她干吗
你那么多笔"

我笑笑不说话
铅笔不是笔　是文化

2019. 5. 2

鸟　鸣

从世俗的梦中醒来
窗外奶雾茫茫
鸟声如潮
我听着像一群小鸡仔叫
鸟和鸡有什么区别?

如果是"自由"
那么笼中鸟不如
一只山间鸡
当然这只独立的鸡
得远离人类

我心里突然莫名的
悲哀

2019. 5. 3

蝉鸣朝阳

阳光　鸟潮

吱——呀——

听到第一声蝉

我走到楼顶东头

面朝太阳

想起邻栋远行的人

又突然想起

那个抑郁症的老妪

她选择飞翔

且活着

为了金色阳光

2019. 5. 3

采 花

采花的时候
每一棵
我会留下一朵
我怕
蔷薇忧伤

一年一度
等待这么久
只是为了
风雨中
和鸟儿　跳支舞

2019. 5. 6

性感的油桃

天心　月渐圆
借光我摘下
一只连体的油桃
丰腴　如承欢的乳房

所谓性感
不过是一种畸变
裸奔的蜗牛
爬满老鼠药的托盘

2019. 5. 17

她挽着我的手

我们晚课的时候
夜虫很喧哗
我分不清是蟋蟀
还是青蛙
春天这个孕妇　太多产

下课时　大家纷纷起身
她还坐着发愣
我亲昵呼唤她的名
她微笑着站起来
一低首的温柔

我牵着她的手　肩并肩走
她的指尖有冰雪的凉
走着走着　不知何时
她左手插进我右臂里
我胳膊肘碰着她的胸　少女

我们各回各家
我上楼顶台阶安放鼠贴
然后察看新育的辣椒秧
被虫咬噬过的苗旁边
蜗牛大大小小裸奔　嗷嗷

篮球场上　男生们荷尔蒙
女生和女生
与男人对女人　完全不一样
他曾经警告我：
男人，撒泡尿，就走

2019. 4. 23

魔芋花

魔芋　又称鬼芋　妖芋
花开尸臭　喇叭状　长穗如茎
他说儿时看过　是牛卵子花
顾名思义　他错了

如果我不竖起右耳
就听不见深夜蛙鸣
和看见　爱　记忆一样
存在都是选择性的

将血橙切成四瓣
肉汁的甘甜弥漫舌尖
我突然想起正午
他经过门外　笑声朗朗

我试图弄清真相
年轻时　我们是否亲吻
他说想我　我问肉体还是灵魂
鼾声响起　紫烟渺渺

魔芋全株有毒　不可生吃
醋加姜汁含漱　可解
这对于爱之蛊
是不是一种启示

2019.4.24

小娜的心事

告别青梅竹马
一袭长裙　夜空蓝
站在家门前开锁
对门犬吠　我家小娜也吠

发福来了　我唤着他的名
开门放出小娜
潘家也开门　放出发福
一黑一白太极　我们仨上楼

潘家妹妹追上来：
"他感冒了，咳嗽得厉害，
莫加重了，莫传给小娜"
她咳嗽着抱起发福在怀里

小娜站在我面前
用右爪拍着我的长裙
拍拍又挠挠
我连忙也抱起她

252

小娜坐在我怀里
望着发福　很傲娇
我笑　潘笑　潘家妹妹也笑
"你看，我也是有妈的人"

2019.4.28

蜗 牛

蜗牛有两万六千多颗牙齿

唾涎既便于爬行

又能制约蜈蚣、蝎子

雌雄同体 角相触 头相对

互交尾 四小时 各自产卵

平均每只产两百粒

一年可产六到七次

昼伏夜出 最长七年寿

但大多数当年命丧天敌

比如我 手下

五一阳光 我听着道德经

种下一棵棵辣椒

深夜 手电 剪刀

我逐花逐木寻觅

蜗牛无壳

肉身赤裸贪婪

匍匐在腐叶嫩芽上吞噬

一剪两断 肉汁汩汩

他（她）来不及叹息：

爱 为什么这么难

2019. 5. 3

蜗牛的象征

湿润的晚风清凉
送来蛙声如潮
我捉的那只小蛤蟆
还没有开嗓

辣椒苗的天敌
除了老鼠　青虫　蚱蜢
还有裸奔的蜗牛
恶　如影随善

月隐云中
一剪两断
蜗牛的肉身冒汁
如诗人流着涎

2019.5.17

五一杂诗

（一）好心人

上午十点四十

一个陌生男人电话

问我是不是我

我妈坐公交车　错过了站

他让我去接她

我在河之西

她在河之北

半个小时之内

我和他通话五次

最终妈妈平安到家

我存下他的号码

姓名：好心人

（二）好看吧

湘氮新三区外

有一些未征收的民宅

一户人家庭院门口

种了两行月季

大朵大朵盛开

芳香四溢

蜜蜂嗡嗡

当我驻足拍摄

有个妇人庭内说话：

"好看吧"

（三）你还摇我一下嘛

老生活区　老树　老房子

墙上爬满常青藤

葡萄藤枯枝上发了新芽

四个老年人阳光下

围桌玩扑克牌

路边新安了健身器材

几个大人带着小孩在玩

一个小女孩坐在步行器上

嗲声央求一中年男子：

"你还摇我一下嘛"

（四）你不是种辣椒吗

阳光灼灼
阳明山野杜鹃
似梦似幻

五一国际劳动节
我上午洗床单
扦插月季
黄昏采摘金银花
直到夜幕降临

（五）五一快乐

"五一快乐"
简单的祝福
太多牵挂

有多少人
寂寞

（六）我最终捏死了飞蛾

小娜陪着妈妈

在客厅看猪八戒

我坐床上读书

一只飞蛾飞来飞去

陪着我

他低飞到被子上空

我伸出左手将其拍死

然后捏着他的尸体

扔到垃圾桶里

（七）我还没有收床单

晚上十点

窗外天很黑

篮球场上乒乒乓乓

远处犬吠

妈妈在客厅嗑瓜子

我躺在床上写诗

我的床单还没有收

楼顶上　应当有风

弥漫着蔷薇花香

（八）我想读书到天亮

人生最幸运的
是读到一本好书
而第二天休假

吭哧吭哧　咔嚓
狗趴在地上啃骨头

2019. 5. 1

割草的声音

嗞嗞嗞

灰白色天空下
割草的声音
让我想起父亲
他的身旁没有土
不会爬满先祖的忍冬藤

青烟渺渺
消逝在未知时空
我和他的对话
蹲守的黑犬能懂
刀片疯狂　疼痛芬芳

嗞嗞嗞

2019.5.18

烟的思想

蓝色火吐着金色舌焰
他说：我最喜欢你的吻
青烟袅袅　销魂遁隐
因何而来　往何处去

月亮用黑色盆子洗澡
雨噼噼啪啪来了　又走了
夜钓者装一篓蛙声准备回家
车轮带着沉重的轭　犁行

云和我并排躺着　隔着窗
我在光中　他在暗里
他淡定地说：你和你的社会
不会比烟有思想

2019. 5. 26

夏晚的风

夏晚的风
悄悄浸润腿足
好像潮水
靠近碣石　又退下
这凉爽的温柔
和春风不一样

蛙鸣时有时无
色声香味
听或者不听
想或者不想
见或者不见
开或者关

子时
是一扇门

2019. 5. 30

263

香樟叶

打开时光扉页
两枚香樟叶　枯槁
一枚在春　一枚在冬
爱是一个盲者
用指尖触摸
昨日之日
不可解读

好月亮
一瞬即逝云中

2019. 6. 19

月圆的晨

鸟鸣的清晨
霞云
圆月守候天中
清风

微笑拈花
不料指尖凋零
粉色花瓣红尘
一片一片　如爱情

2019. 6. 20

蟋蟀鸣唱的夜晚

蟋蟀鸣唱的夜晚
白色的月
遁入蓝色的云中

凉风轻抚面额
发丝绒绒
神农塔梦呓鼾声

过去未来　现在
无法捕捉
多少寂寞虚空

2019. 6. 20

266

百鸟朝凤

弓卧朝窗
如岛屿水中自然
凉风习习潮涌
鸟声切切嘉会

假寐　百合芬芳
凝眸　天穹烟蓝
舒展羽翼　深呼吸
凤且翔　莫负好时光

2019. 6. 21

淅淅沥沥雨

淅淅沥沥
天空一直下着雨
窗外很黑
室内空气很潮湿
我想起寒冬秃子山下
雪地里的那匹马
她咀嚼我喂的糖果时
嘴唇湿漉　舌苔温软

一只黑瘦的蚊子
在空中飞来飞去　头俯向我
伸手击掌拍它时
红色签字笔　啪嗒掉在地上
凉风习习　雨声沥沥
我不能像一株开花木槿
也不能像一枝擎伞的碧荷
在雨中　但灵魂可以

2019. 6. 22

飞蛾陷阱

夏天是恋爱的季节

两只蛾爱爱时

你可以一掌让他们极乐

但会弄脏手

不如采取更人类的方式

购买一张飞蛾陷阱

随手放在墙角

散发出母蛾芬芳

公蛾飞扑　胶粘　无妄

夏天是悼亡的季节

2019. 6. 23

肉身鸡汤

我喝鸡汤
狗轻轻舔我小腿
她要吃骨头
咔嚓咬断鸡肋
飞出一截
她觅　我笑

少食可以长寿
但不可苦节
养生可以延年
但不可执念
不知何时
心灵鸡汤　名声坏了

2019. 6. 23

与天空约会

人到中年

夏过一半

日已未时

只愿独自慵懒在床

望一眼窗外

读几句诗行

若有若无思量

不是我不赴约

是窗外天　看不到我　会潸然

2019. 6. 23

深夜，柠檬杯

借宿你的城
深夜陪伴我的是一只
草绿印花　白杯子

拿着长匕首
切开柠檬的腹
掐下雏菊花　夹在指

再也回不到林间
轻轻拭去　嘴角的泪
杯沿的茶汁

2019. 6. 25

被遗忘的蝴蝶兰

3030 房　标准双人间

一尘不染

窗前书桌上

一个椭圆白瓷盘

面朝下　一朵蝴蝶兰

玫瑰紫　娇嫩芬芳

拈花　倾听

她不说话

一个故事　爱或性

被遗忘

2019. 6. 25

冰激凌爱情

朝阳冉冉升起
上弦月的脸苍白
明明深爱
却沉默忍耐

最是吃饱了撑着
来一支蛋筒冰激凌
冰冷的高傲
害怕温暖的融化

2019. 6. 26

贫穷限制了你的想象

仲夏月末清晨
星星关闭了房门
蛐蛐儿开始做梦
凉风轻轻

仰望天空：刹那澄明

爱人啊
那一弯银鱼形下弦月
最适合贴在眉心
妩媚清纯

低首问你：美不美

不要说没有启示
也不要说不是象征
限制想象力的
只是思想的贫穷

2019. 6. 28

白雪①的忧伤

阳光越烈
白雪开得越明艳
纯洁又坚强
我立在花前发愣
想到死亡

肉体灵魂性欲爱情
绽放忧伤

2019. 6. 28

---

① 白雪：一种夏天开的小花。

蜘蛛尸

在蛙声如藻中醒来
身与灵如萍
一只黑蜘蛛僵尸
拱手悬空

双眼肿胀如坟
小腹疼痛
忘却的梦遁迹如虫
凉风隐隐

沙沙沙　羞耻蛇行
吞噬没有爱的放纵

2019. 6. 29

鸟鸣让我宁静

我曾是他惟一的爱人
但他和他在笼中
日久生情
阳光下他们鸣唱
黑夜里他们相伴
啄食　饮水　跳跃　飞翔
简单生活　红眼睛黑眼睛

我成为局外人
哀怨地掉下一片羽翎

2019. 6. 29

我和鹦鹉接吻

某天清晨
我的玄凤躺在笼底
黑眼睛如井干枯
他离开鸟间　因为孤独
笼子一角满是他的绒羽
人们相爱　但经常彼此疏忽

今天清晨
天空靛蓝变灰
我决定珍惜身边　陪伴关怀
抱蓝冠怀中　放他立在肩上
我们贴面　接吻　对话　读书
哈哈大笑　这就是幸福

2019. 6. 30

我没有去采荷叶

昨天我想去采荷叶
今天便不想去了
凌晨醒来隐隐雷声
回笼睡却不知下了一场大雨
楼顶粘鼠板上粘满雨滴
还有两只小鼠　吱吱

窗外鸟鸣蝉喧　微风
滟滟池塘　亭亭荷叶　菡萏荷花
漫漫田田在我眼前　心中
我是一尾红鲤
或是一枝莲
见与不见　都在其间

2019. 6. 30

一只飞蛾的葬礼

仲夏夜晚来临
窗外漆黑
蛙鸣
没有风没有星

一只蛾子飞来飞去
落到手中书上
合拢　轻压　打开
她睡了　渺小又安静

生之途充满凶险
爱不堪一击
慌不择路
换不来一声叹息

2019. 6. 30

思考，听到蛙鸣

我暂停阅读
书敞开　我敞开
并排躺着
于是听到蛙鸣
如田野的萤火虫
我如一艘小船
荡漾其中

我用耳朵看
夜晚陷入沉思

2019. 6. 30

下弦月的人生

夜到子时

年过一半

我拍着肚皮：啪啪啪

像测试一只西瓜

狗以为是暗示

跳上床来

天命之年

人生开始做减法

下凸月　下弦月

只到看不见

食色清减

欲望少一点　再少一点

2019.6.30

盛开的早晨

关就是开
六月走了七月来
清晨一树木槿花盛开
自信雍容

朵朵微笑
又有一点羞涩
似乎看着我
又似乎躲避我的目光

仰望天空
光明　灿然一抹霞云

2019. 7. 1

风，是我的朋友

夏晚的风
均匀地呼吸
吹着我的裸足　腿　胳膊
轻抚我的面颊
舒畅我的肌肤
让我宁静而凉爽
他不在乎我是胖还是瘦
黑还是白　年轻还是衰老
贫穷还是富有
一如既往地陪伴我

室灯下　夜晚如此明朗
风　让我感觉幸福

2019.7.1

子夜，我坐在风中

蟋蟀在开演唱会
我并没有听
我只是坐在风中
但我分明在听
在无意义思考

虫与虫
是否有爱情
还是只有性的本能
歇斯底里鸣唱
是不是害怕单身

我坐在风中　抬头
云际　闪过一颗孤星

2019. 7. 1

夜越深，蛙声越浓

一只黑瘦的蚊子
盘旋在我的领空　又消逝
我不知他是否达成心愿
我的血　他的命　我选择宽容

蛙声不断如流水潺潺
夜渐深　睡意渐浓
我不记得是
太阳还是月亮　旧梦中

诗在当下
未来　仍会有梦　成真

2019. 7. 3

我看见夕阳的霞光

雨后的黄昏
紫色夏菊　橙色夏菊
握着小小拳
湿漉漉

不经意抬头
西天霞光　穿透乌云
心境刹那澄明
见所见　是一种象征

2019. 7. 5

夜的嘤咛

风像水一样
在我足底流淌
窗外嘤嘤
蛙 蟋蟀 车声人声

我倾听深夜
正如我审视清晨
一只白嘴灰鸽
飞入茂密枝丛

夜总是引起我共鸣
开启思想视听
窗内窗外
光明和黑暗并存

2019. 7. 5

因为看不见，所以听见

黑夜
弄瞎了我的眼睛
窗外渊深
蛐蛙嗡鸣
风行悄然温存

我在阅读
人说宿酒未醒
我在书写
人说没有意义
狗耳满是螨虫

历史向来健忘
一如翻篇的爱情

2019. 7. 7

我们的天空怎么可能有鹰

大团大团乌云向西
缓缓浮行
我看到一只鹰　向东
没入云层
你说："那是鸟
我们的天空
怎么可能有鹰"

我张开手臂模仿
鹰飞翔时
有力展动翅膀
燕雀飞翔时
喜欢轻悄滑行
"我们的天空
我经常看到鹰"

2019. 7. 7

夏夜属于蟋蟀

小暑不暑
我倾听蟋蟀
试图弄懂
夜复一夜喋喋
意义何在
目的何在
他们想要说什么
为什么不一个一个发言

蟋蟀声织起夜的网
我困在其中

2019. 7. 7

雨声雨声

吱吱吱　呱呱
雨终于歇息了
窗外有朵戴宽檐帽
的白云
眨眼又不见了
很多云　从东往西
慢慢悠悠　浮游
窗的眉心滴下一滴雨
长长的拉成丝
夜复归于静

终于又听见蛐蛐
和蛙鸣
云化成一条傲娇的龙
头朝东尾朝西
舒展舒展　伸长伸长
空气如此清新
我的头脑如这夜一样混沌
飘着无绪的白云
我将在蛙声中入梦
听到雨声

2019. 7. 9

我在雨声中醒来

沙沙沙　啪嗒
天空铁灰　忧郁典雅
雨很大　一直在下
我听着雨声
雨声中的军训号子声
锅铲声　听不到鸟声蛙声

今天想必很凉爽
我的魂会端一杯热茶
站在阳台上看雨
无所事事
无论阴晴圆缺
快乐痛苦　平安灾难
都是生活历程
南窗　北风　我应该感恩

2019. 7. 9

我永远爱你

半月为玦
倏忽被乌云笼罩
稍纵即逝
来不及多看一眼

吱吱吱　吱吱吱
诉说仿佛永夜
阳光透过玻璃墙
温暖走廊

侧目窗外
蜻蜓仰面躺在窗台
一只　一只　又一只
盲目　绝望　殇

在这金属音的夜晚
我分裂到白天
想起嘤咛耳畔的
那一句谎言

2019. 7. 9

子夜，绿色秋葵

在今日明日的临界
积食未消的我
思索着早餐
想趁着朝露
剪下饱满的秋葵
净水烧沸
焯一下蘸着吃
选生抽还是香醋？
哪种更美味
我有些困惑

关于在世的理想
我考虑的就这么多

2019. 7. 9

第四辑　我希望

又是一季

——一棵树的悲哀

春风剪碎的心又加季雨连连
华容如盖只为忍酷日炎炎
熬过秋霜
毕生的心血凝透在叶上
才得到
她姗姗灼爱
却又有风
使至憔　至萎　至落下

降生的泥土本冷
又哪堪四季欺凌
孤立的身怀无数伤心
也许
只有落下
才是爱的
结局

1988. 12. 14

孤独树

我是热带草原的一棵树

孤独的树

忽有鸟飞驻枝头　乘凉

并向我诉说　落寞、爱恋和

被人利用的经历

她只歇歇

快乐了　就走

就走　不回头　我不能挽留

怕被列入　利用友谊的一类

把仅有的顾客惊走

1989. 9. 20

消 夜

抬望眼
夜色如水
漾起 一勺月
几丁星

低眉处
孑然静影单
朔风起 不胜寒

几时能有肩可倚
生之幸运
不是梦中景？

1989. 12. 14

我希望

我希望

有我爱的人　爱我的人

共同坐在月色里

漫步黄昏里

潇洒雨脚里

我希望

我爱的人　爱我的人

一角有浪的海湾　热烈而温柔

一座高大的青山　稳健而深沉

一穿蓝色的朗天　坦荡而无滓

一眼深秋的古井　情蓄而含谜

我希望啊

我爱的人　爱我的人

他知我心　我知他心

风雨同舟　歆享人生

年少，我们立志遨游

年青，我们中流击楫

年中，我们把酒话桑

年迈，归园田居，无限风光任水流

我希望——

1989. 12. 18

月牙儿

昨夜孤梦　泪满衣襟

艳阳日子

我可以掩饰

这份苦痛心情

扮出美丽笑容

但，今宵有你在我头顶

夜像昼一样　明白我的心情

想逃遁　却不能消痕

强忍的泪　及

对他的思恋

趁梦时

冲破一切防线

漫漫田田地

涌来

1990. 8

哀

壳被烙上幸运钢印
心却潮成不幸沼泽
泪　既不能外流
也不能内流
只有
那汗涔涔
渗满额面
湿透衣襟

最大的哀
是无法哀

1990. 8. 28

短　歌

夜半露珠踩着树叶跳起踢踏舞
猫头鹰咕哝着孀居怨语
孤傲的月冷眼雾中的一切
彻夜不眠的山头守护着喃喃细语

你的他　她的他　我的他
说着同样的话　百般挽留
但十九岁的所谓恋爱无果无日记
只是分手的春宵比倚肩的冬夜稍冷

扑哧——
瓶中又一朵灼灼映山红
呻吟着落在桌子上
春天的花　春天就谢了

1991. 4. 17

306

月夜偶得

月光如水

草木在初冬的风寒里瑟瑟

两个年轻的傻瓜

坐在他们的山坡上

相依相偎　笑语嘤嘤

从黄昏

一直到天明

秋　游

在村狗的欢迎欢送中
我们秋游

泛白的草茬使稻田略含一种忧郁的神情
畦边一丛丛金黄的野菊笑得很有点无奈
而某些树的叶子红得也令人心惊
离离坡上苇的白鬓随风微微颤抖

秋末的景色是徐娘半老啊
草丛的一只黑猫
静栖电线的七八只鸟
甚至阳光　也恹恹乏力

而我们正年轻
有着春天的眼睛
和夏天的热情
也许还有冬天的沉静

我们秋游
在村狗的欢迎欢送中

1991. 11. 20

无题（其三）

"嘶——嘶——"
碎碎地　碎碎地
撒了一地
好似春天不该有的落英

虽然丰腴的樱花还俏生生风流枝头
但那详尽的地址　准确的邮码
以及亘古以来不断复写的那三个字
都已经体无完肤
裸毙在铅色天底下
接受雨的超度

没有轮回
曾经火热的情书
如今苍白的纸片
沾满了尘泥

1991. 5. 14

无题（其四）

湘江的水该涨了吧
那鸥雀踱步的浅滩
紫色草蔓已被淹没了吧
街灯　栏杆　店厦　中巴
城市夜景不眠也不醒

喝吧　喝吧
醉了我也许会用眼告诉你
昨夜梦里又有温柔的你
可是　当你的目光投来
我却又　悄然低首

星明蛙鼓　栀兰飘香
我不能再握着你的手
即使偶尔的同行
也只念几句台词
或者无言　便分手

应该忘记的不能忘记
不能思念的总是思念
你是我错误的历史
我是你解语的花

1998

后记：窗外，有一盏明灯

漆黑的窗外，远处有一盏明灯，似一颗璀璨的星星，望着我。

夏日凌晨，蟋蟀低吟，凉风习习。鸟儿嘀嘀嘟嘟开始歌唱。

《与天空约会》，是继《好月亮》（群众出版社，2019 年）之后的第二本诗集。《好月亮》，辑录了 2018 年创作的诗歌 365 首。《与天空约会》，辑录了 1988 年 12 月至 2019 年 7 月的诗歌 242 首，如果说《好月亮》是断代史，那么《与天空约会》就是编年史。

本诗歌集分为四辑。第一辑"过客"，创作于 2001 年、2002 年，在湖南科技大学读文艺学硕士、武汉大学读哲学博士期间；第二辑"她是你的肋骨"，创作于 2007 年，在浙江大学做西方哲学博士后研究期间；第三辑"秃顶山之恋"，创作于 2017 年、2019 年，在湖南工业大学教学、行政之余，是诗集的主要部分；第四辑"我希望"，创作于 1988—1998 年，高中、大学以及刚刚开始工作那段青葱岁月，只收录了几首差强人意的，以兹纪念。

晨色渐渐变蓝，淡蓝，如我的理想。

我诗歌的主题是爱与性、存在与时间、人与自然，我尽量用简洁、精确的文字表达自身的感知。文字是我的情人，自然是我的至爱。我很感性，你可以说我的诗歌是抒情诗，但我一直试图在情中寻理，通过诗歌来揭示真性和天道。为了让自己更理性，文字不至肤浅，我系统学习中西哲学，浸淫《周易》并从事"周易文化"这一本科课程的教学，儒释道思想对我的文学创作有很大影响。

　　我诗歌的最大特点是"真"。不矫揉造作，不虚伪，不生造，不写非感觉的东西，不写把握不了的东西。当情境触动我，诗题跳入脑海，我便充满激情地写，想写什么就写什么，一气呵成。有时候一天会写很多首，如清晨突然盛开的木槿花。诗歌写完，一两天之内会有一定修改，但基本上过后不再改动。"人不能两次踏入同一条河流"，此时的我不再是彼时的我。我经常会惭愧以前的诗歌写得不好，但曾经的稚嫩也是一种美。

　　我注意诗歌的故事性、画面感和节奏感，营造情境，虚实相生。自然、真实，情感充沛，生活感强，以引起读者理解和共鸣。我其实更擅长写散文，诗歌也有散文化倾向。但我有意无意，会注意押韵，注意诗歌的节奏和韵律，使其具有美感。中文本科的我，以前读了大量的中国诗词；热衷诗歌创作以来，又大量阅读国外诗歌。夜晚，不是读诗，就是写诗。有时候凌晨3点左右我会自然醒来，看月亮、写一首诗，然后继续睡。

　　"熟读唐诗三百首，不会吟诗也会吟"，诗歌技巧的提高在于海量阅读，遇到好诗反复读、诵读。古往今来，好诗太多，读诗，给我启发，带来灵感。从诗人的情境，想到自己，身边的故事和人，于是创作。我很渺小，但不模仿，也不妄自菲薄。我善于学习，酷爱做梦，勤于创作。

　　友人问我，准备出几本书。我说："无数本。"其实数量不能说明什么问题，更不代表质量。算上2009年人民出版社出版的学术著作《周易象数之美》，目前，我只出版了3本专著。但是，未来我想不断尝试各种写作，比如散文、小说以及文学评论和研究。"勤能补拙"，绘画音乐和文学艺术造诣的提升，都离不开日积月累的练习。只有不断创作，才可能出佳品。

　　窗外有一盏明灯。黑夜的眼睛。象征、启示、陪伴。

　　身在陋室，灵翔天空，诗歌在路上。

陈　碧
2019年7月24日